suhrkamp taschenbuch 4829

»Bis zu diesem Augenblick hatte ich nie eine wirkliche Vorstellung davon gehabt, daß es tatsächlich Menschen wie wir waren, die Bücher schrieben, Menschen aus Fleisch und Blut, Raum und Zeit und Gegenwart.«

»Diese Spurensuche ist ein Abenteuer.«
Frankfurter Rundschau
»Ein atemberaubend starker Erzähler.«
Die Literarische Welt

Andreas Maier, geboren 1967 in Bad Nauheim, lebt in Hamburg.
Bereits erschienen:
Das Zimmer. Roman, 2010
Das Haus. Roman, 2011
Die Straße. Roman, 2013
Der Ort. Roman, 2015

Andreas Maier
Der Kreis

Roman

Suhrkamp

Erste Auflage 2017
suhrkamp taschenbuch 4829

Umschlaggestaltung: Rothfos & Gabler, Hamburg
Umschlagabbildung: Jochen van Eden/VISUM; Stephen Shepherd/plainpicture
Druck: CPI – Ebner & Spiegel, Ulm
Printed in Germany
ISBN 978-3-518-46829-6

Der Kreis

»Run, rabbit run. Dig that hole«
Pink Floyd

Grundschule

Der Kreis hat keinen Anfang und kein Ende, kein Vorne und kein Hinten, und wenn man ihn als Band zur Möbiusschleife bindet, auch kein Innen und Außen.

Meine Mutter benutzte für sich einen Raum, der in unserer Familie Bibliothek oder Bücherzimmer genannt wurde. Es handelte sich um den kleinsten Raum des Hauses, gelegen im ersten Stock, mit einem Fenster auf unseren Fluß, die Usa, hinaus. Die Einrichtung dieser Bibliothek war spärlich. An der türseitigen Wand standen zwei oder drei Regale aus dunkelbraun furniertem Preßspan, vor dem Fenster befanden sich ein kleiner Schreibtisch und ein Holzstuhl. Abgerundet wurde das Bild dieser Klause durch ein kleines Bett. Die Wände waren mit weißer Rauhfasertapete tapeziert und das Fenster durch eine Sichtschutzgardine verhängt. Keine Schabracken wie in den unteren Räumen im Haus, keine Übergardinen. Ich durfte das Zimmer betreten, wußte aber, daß ich meine Mutter nicht stören sollte, wenn sie in diesem Zimmer saß.

Eine gewisse Zeit wurde das Zimmer von zwei Personen genutzt. Dann saßen dort für ein paar Wochen ein alter Gymnasiallehrer aus der Nachbarschaft, Kriegsteilnehmer (Altphilologe, Funker, Krim) und meine Mutter am Schreibtisch, und der Lehrer versuchte meiner Mutter Altgriechisch beizubringen, eine Sprache, von der ich keinerlei Vorstellung hatte. Das dauerte immer eine Stunde. Währenddessen herrschte vollkommene Ruhe im Haus. Auf dem Tisch lag in diesen Wochen ein Wörterbuch mit mir unbekannten Buchstaben. Allerdings ebbten die Besuche des Lehrers schon nach kurzer Zeit merklich ab, wurden seltener und schließlich ganz eingestellt. Wenn der Lehrer da war, sollte in dem Zimmer gar nicht gestört werden.

Ich dachte immer an geheimnisvolle, hochwissenschaftliche Dinge, die in dem Zimmer geschähen, wenn sie darin saß. Dinge, von denen ich noch nichts begreifen konnte, die ich aber zugleich bewunderte, da man für sie ein eigenes Zimmer und Zurückgezogenheit brauchte. Es waren stets besondere Stunden, wenn sich meine Mutter in diesem Zimmer befand, es strahlte auf das ganze Haus ab, eine Art von Feierlichkeit lag über ihm, wenn sie dort oben saß.

Manchmal, wenn wir zu zweit zu Hause waren, saß ich im Keller in meinem Bastelraum, fügte dort unten meine Modelle zusammen und war in diese Arbeit vertieft, und zugleich saß sie am entgegengesetzten Punkt des Hauses im ersten Stock in dem kleinen Raum und war ebenfalls in eine Form von Arbeit vertieft. Ich hatte allerdings keine Ahnung, was sie in diesem Zimmer tat. Natürlich mußte es etwas mit den Büchern zu tun haben. Lesen sah ich meine Mutter nie, es sei denn, sie lag abends allein im Schlafzimmer im Ehebett, dann las sie Kochbücher. Im Bücherzimmer (das in anderen Zusammenhängen auch Gästezimmer hieß, wenn es als solches genutzt wurde) gab es ein Regal, in dem zehn oder fünfzehn blaue großformatige Bände mit dem Titel *Die großen Rezepte der Welt* zu finden waren. Manchmal, wenn sie im Bett im Schlafzimmer lag, rief sie mich und gab mir den Auftrag: Hol mir Band 9 von den *Großen Rezepten der Welt*, du kannst Band 10 auch gleich mitbringen. Ich wußte dann, wo ich hinzulaufen und in welches Regal ich zu greifen hatte.

Anderes sah ich sie nicht lesen. Die Bücher, die sich in dem kleinen Zimmer befanden, las sie offenbar ausschließlich in ebenjenem kleinen

Zimmer. Deshalb stellte ich mir unter diesem Lesen etwas ganz Besonderes und Würdevolles vor. Denn man benötigte dazu ja, wie gesagt, ein eigenes Zimmer und Abgeschiedenheit. Es war wie eine Zeremonie: Meine Mutter geht zu einer bestimmten Tageszeit in dieses Zimmer, schließt die Tür hinter sich, dann tritt sie vor die Regale, nimmt ein Buch heraus, geht damit zum Schreibtisch, legt das Buch dort hin und setzt sich, noch liegt das Buch unaufgeschlagen da. Anschließend setzt sie sich noch einmal zurecht, rückt den Stuhl etwas näher an den Tisch, nimmt das Buch in die Hand und schlägt es auf. So weit konnte ich es mir vorstellen, aber immer nur bis dahin. Was weiter geschah, davon hatte ich kein Bild und auch keine Idee im Kopf, denn ich selbst hatte noch nie ein wirkliches, ganzes Buch gelesen, ich las zu der Zeit Asterix oder Geschichten aus den *Reader's Digest*-Heften meiner Großmutter.

Manchmal wurde erzählt. Es hieß dann, die Mutter beschäftige sich gerade mit … oder mit … (hier wurden Fremdwörter genannt, die ich nicht verstand). Dabei wurden zum ersten Mal in meinem Leben Wörter gebraucht, die auf »-ismus« oder »-ismen« oder auf »-logie« endeten. Die

Wörter selbst konnte ich nicht auseinanderhalten, denn ich hatte von keinem dieser Wörter bzw. von keiner Sache, die sie wohl offensichtlich benannten, irgendeine Ahnung oder auch nur eine geringfügige Vorstellung. Aber alle diese Sachen waren herausgehoben und mit einem eigenen Glanz versehen, weil sie eben durch jene besonderen Wörter benannt waren, die auf »-ismus« oder »-logie« endeten. Und diese Ismuslogien erforderten Konzentration, Arbeit, Abgeschiedenheit und eben ein eigenes Zimmer wie meinen Bastelraum im Keller.

Wenn ich bei meiner Urgroßmutter in ihrer Küche, die heute in einem Heimatkundemuseum ausgestellt sein könnte, herumsaß und sie gerade Sauerkraut stampfte oder Salatblätter zerrupfte und wenn ich von ihrem Fenster aus die auf unserem Viadukt, den vierundzwanzig Hallen, entlangfahrenden Züge betrachtete – meine Urgroßmutter hatte infolge ihrer bahnnahen Wohnlage den lautmalerischen Namen »Oma Huschhusch« –, dann fielen nie Wörter auf »-logie« oder »-ismus«, sondern sie erzählte Geschichten. Genauso war es, wenn ich mit Onkel J. bei meiner Großmutter in Bad Nauheim in ihrer 50er-Jahre-Einbauküche saß. Es herrschten allgemeine Gespräche über Familienmitglieder oder erzieherische Vorträge vor, die sie meinem Onkel hielt (er war damals um die vierzig Jahre alt). Oder mein Onkel erzählte wieder einmal vom Wald, vom Forsthaus Winterstein oder von irgendeiner gewaltigen Truppenübung der Amerikaner im Vordertaunus, die damals mit ihren Panzern alle paar Wochen die Taunushügel hoch- und wieder hinunterfuhren.

Zu Hause dagegen, bei uns in der Küche im Mühlweg, fielen die »-logie«- und »-ismus«-Wörter manchmal beim Essen. Mein Vater machte dann ein Gesicht, wie man es im Städel auf einem Gemälde von Rembrandt sieht, das König Saul zeigt, wie er David beim Harfespielen zuhört. Der Blick kehrt sich horchend nach innen. Mein Vater schien dann in sich nach Gedanken oder nach Antwort- oder wenigstens Gesprächsbeteiligungsmöglichkeiten zu suchen. Die »-ismen« und »-logien« waren aber nicht seine Welt, und das wußte meine Mutter.

Es handelte sich meist um das Abendessen. Mein Vater kam eine Zeitlang oft spät von seiner Arbeit bzw. aus Frankfurt zurück, und wenn die Stimmung sich durch die Verspätung sowieso schon merklich abgekühlt hatte, konnte meine

Mutter plötzlich mit einem Vortrag beginnen, der gespickt war mit »-logien« und »-ismen«, wie ein Katarakt brach es dann aus ihr heraus, und sie sah meinen Vater in etwa so an, wie ein Folterknecht sein Opfer anschaut, nämlich um die Wirkung seiner Praktiken zu überprüfen. Mein Vater wirkte immer sehr hilflos, und kurz danach verwandelte sich das Gespräch in einen Streit, in dem es dann allerdings nicht mehr um »-logien« und »-ismen« ging, sondern um ganz anderes.

An anderen Tagen, wenn die Gemütslage ausgeglichen war, konnten die Ismuslogie-Gespräche harmonisch vonstatten gehen. Meine Mutter erzählte dann von ihren Tätigkeiten im Zimmer oben, der Blick meines Vaters kehrte sich wieder horchend nach innen, aber auch wenn er genauso ratlos dasaß wie sonst, hörte er diesmal gern zu, wie jemand, dem es Freude macht, den anderen gewähren zu lassen, selbst wenn er kein Wort versteht.

Beim Abendessen begriff ich, daß die Ergebnisse des rätselhaften Geschehens im Zimmer oben außerhalb des Zimmers auf verschiedene Weise eingesetzt werden konnten. Meine Mutter hatte damit etwas in der Hand, das deshalb unangreifbar war, weil es ganz allein von ihr verwaltet wurde.

Hinsichtlich des Bibliotheks- bzw. Gästezimmers war auch die Rede von Papieren, Manuskripten. Meine Mutter schrieb da oben irgend etwas. Es handelte sich nicht um die Schriftsätze für die Anwaltspraxis meines Vaters (er praktizierte neben seiner Anstellung bei der Henninger Bräu AG auch privat), denn diese wurden von meiner Mutter mit der Maschine im Bürozimmer im Erdgeschoß aufgesetzt. Was meine Mutter oben im Zimmer schrieb, war handschriftlich.

Es hieß, sie schreibe an einem Buch.

Oder es hieß: sie arbeite an einem Buch.

Manchmal, wenn ich allein im Haus war, sagen wir mit sieben oder acht Jahren, suchte ich das Bücherzimmer aus eigenem Antrieb auf. Etwas daran erinnerte mich an unsere Kirchenbesuche. Wenn ich das Zimmer im Obergeschoß betrat, stellte sich eine ähnliche Sakralität wie sonntags in der Kirche ein, nur daß sie nicht in einem fremden, großen, mich beängstigenden Raum mit unzähligen Menschen entstand, sondern in einem mir vertrauten Zimmer mit mir vertrauten Möbeln und einem (vom Vorhang verhangenen) Ausblick, der sich von dem aus meinem Fenster kaum unterschied. Als Altar diente hier, allein und unbenutzt, der Schreibtisch. Wie unverrückbar und massiv nahm er seinen Platz ein, als sei es der einzig denkbare für ihn.

Den Tisch umwob Stille. Von draußen drang kein Geräusch herein. Er stand im Halbdunkel. Manchmal setzte ich mich auf den Stuhl und schaute aus dem Fenster hinaus, wozu ich mich etwas recken mußte, denn ich war ja noch klein. Den Vorhang beseite zu schieben, darauf wäre ich nicht gekommen, das wäre mir wie eine Entheiligung vorgekommen, denn der Vorhang zog eine optische Markierung zwischen dem Profanen dort draußen und, hinter der weißlichen Lichtschranke, die er bildete, dem Inneren des kleinen Zimmers.

Der Schreibtisch besaß rechts drei Schubladen und links ein kleines verschließbares Schränkchen. Die oberste Schublade war ebenfalls verschließbar. Allerdings steckte immer der Schlüssel, ich konnte die Laden und das Schränkchen problemlos öffnen, wenn ich allein in dem Zimmer war und auf dem Stuhl saß, auf dem sonst meine Mutter saß, wenn sie hinter geschlossener Tür ihrer Zimmertätigkeit nachkam.

Am Anfang interessierten mich eher die technischen Gegenstände, etwa ein zangenartiges Gerät, mit dem man Heftklammern ins Papier schießen konnte. Man lud das Teil, das an eine Pistole erinnerte, mit Stangen von Klammern nach, was für mich so war, wie wenn das Magazin eines Gewehres nachgeladen wurde. Die Munition mußte dann so schnell wie möglich verschossen werden. Allerdings lag ein baugleiches Gerät auch unten, im Schreibtisch im Büro meines Vaters. Ich schoß meistens dort.

Es fand sich auch eine Lupe in der Schreibtischschublade meiner Mutter. Sie war viereckig und steckte in einem schwarzen Kunstlederetui, aus dem man sie herausklappte. Wozu brauchte sie sie? Ich betrachtete meine Fingerkuppen damit oder die Oberfläche des Tisches.

Eine Weile konnte ich mich auch mit dem Anspitzen diverser Bleistifte beschäftigen oder mit den ausgestanzten Papierpunkten, die ich aus dem Inneren des Papierlochers hervorholte.

Aber nachdem ich eine Zeitlang gern mit diesen Gegenständen gespielt hatte, erwachte doch ein anderes Interesse in mir, denn ich wußte, in diesem Zimmer ging es weniger um Heften und Lochen und Anspitzen als vielmehr um etwas anderes. Es ging um Bücher und Papiere.

Ich stellte mich vor das Regal. Ich konnte nicht erkennen, ob die Bücher nach einem bestimmten, durchgängig für die ganze Bibliothek geltenden Prinzip geordnet waren. Sie hatten verschiedene Farben, manche waren weich und biegbar, andere fest und mit einem Umschlag versehen, den man abnehmen konnte. Auf manchen Umschlägen fand sich nur Schrift, auf anderen waren auch Bilder zu sehen. Teils erinnere ich mich an die Bilder, erst später begriff ich, wie diese Bilder gemeint waren und was sie bedeuten sollten. Man kann anhand ihrer rekonstruieren, in welche thematische Richtung sich die Lektüre meiner Mutter bzw. die Auswahl der Bücher in diesem Zimmer bewegte (abgesehen von der vielbändigen Edition mit den *Großen Rezepten der Welt*). Auf einem Buch waren zum Beispiel Gestirne zu sehen, die sich zu einem Sternennebel verdichteten. Der auf dem Umschlag neben dem Titel gedruckte Name des Autors war der allerseltsamste, ich konnte ihn nicht begreifen, und wenn ich ihn aussprach, klang er überaus befremdlich (ich sprach ihn deutsch aus): »Teilhard de Chárdin«. Der Name war ungewöhnlich, ja mysteriös. Erst nach Jahren sollte ich verstehen, daß ich den Namen oft aus dem Mund meiner Mutter gehört hatte, wenn sie von den Logien und Ismen sprach, aber ich hatte ihn niemals mit meinem deutsch ausgesprochenen »Teilhard de Chardin« samt Sternennebel in Verbindung gebracht, denn sie hatte ihn immer wie »Theo Düschadéng« ausgesprochen. (Theo hieß mein Großvater.) Theo Düschadeng und Teilhard de Chardin waren meine Kindheit über für mich zwei vollkommen voneinander unabhängige Menschen: Der eine erschien immer nur als Name aus dem Mund meiner Mutter, der andere lag zwar oft als Buch auf dem Tisch, wurde aber nie von ihr erwähnt.

Teilhard de Chardin entzog sich jeder Einordnung. Er war der ganz rätselhafte, er war der Sternennebelautor, sicherlich die rätselhafteste Figur im ganzen Bücherzimmer. Manchmal dachte ich: Das geheime Zentrum des Zimmers ist zwischen den Buchdeckeln des Buches von »Teilhard de Chardin« verborgen, es mußte so etwas sein wie die Erklärung von überhaupt allem, eine Erklärung der gesamten Welt.

Auf einem anderen Buch waren Gänse in einer Flugformation zu sehen, davor ein bärtiger, knorriger Mann mit schlohweißem Haar. Dann gab es ein Buch, auf dem alle nackt waren, man sah einen Mann und eine Frau von hinten, daneben ein Kind und einen Schimpansen. Alle hielten sich an der Hand. Dann wiederum fanden sich Bücher, auf denen ein Kreuz zu sehen war, ich war mir ziemlich sicher, daß sie etwas mit der Kirche zu tun hatten. Auf einem Buch stand *Christ sein*. Das war ein Buch ohne Bild, und den Namen des Autors hatte ich mir von Anfang an gemerkt, weil ihn meine Mutter oft aussprach, meistens in Erregung und trotzig, so als würde sie sich aus irgendwelchen Gründen auf die Seite dieses Namens schlagen und als hätte dieser Name in irgendeiner wichtigen Sache recht, und die anderen hätten unrecht.

Manche Bücher hatten Titel, die mir geheimnisvoll und daher besonders anziehend erschienen, eines zum Beispiel, orangeschwarz, trug die für mich, das Kind, komplizierte Aufschrift:

Philosophisches Wörterbuch

Ich blätterte es bisweilen durch, es war nach Wörtern geordnet, von A bis Z, aber die Wörter sagten mir nichts. Manche klangen ganz einfach. *Sein*. Aber ich wußte nicht, was es zu *Sein* zu sagen gäbe. Wenn ich den sehr langen Artikel dazu anschaute, verstand ich kein Wort. Dennoch griff ich über Jahre immer wieder, wenn ich im

Bücherzimmer war, nach dem orangeschwarzen Buch und blätterte es in der vagen Hoffnung durch, es könne sich für mich entziffern.

Manche gleich aussehende Bücher wurden in den Regalen zu Blöcken zusammengefaßt. Die Titel und Autoren konnte ich erst viel später benennen, aber beispielsweise waren mit Sicherheit die Immanuel-Kant-Taschenbücher (*suhrkamp taschenbuch wissenschaft*) nebeneinandergeräumt, die sich heute in meinem Philosophieregal im ehemaligen Zimmer meines Onkels J. befinden – es sind die Bände meiner Mutter. Sie bildeten einen schwarzen Block, und die Schrift war einheitlich hellrot. Das war etwa so, wie wenn in einheitlicher Größe alle meine Asterix-Bände zusammenstanden oder meine Hörspielschallplatten. Ich mußte immer Gruppen bilden und Symmetrien erzeugen. Daß auch in dem kleinen Zimmer Gruppen und Symmetrien gebildet wurden, ermutigte mich, denn es zeigte, daß es irgendeine Gemeinsamkeit geben könnte zwischen diesem Zimmer und mir.

Ich male mir aus, wie es für mich im Jahre 1974 oder 1975 gewesen sein muß, diese schwarzen Kant-Bände zu betrachten und die Rückentitel zu lesen. Das Wort Lesen ist vermutlich nicht zutreffend, denn meine Augen müssen von den Titeln regelrecht abgeglitten sein wie von den oben genannten Lexikonartikeln im *Philosophischen Wörterbuch*. Manchmal versuchte ich mir die ganz komplizierten Titel auf der Vorderseite vorzusprechen. Aber unter *Metaphysik* konnte ich mir nichts vorstellen, und die Nähe zu einem Wort wie *Sitten* machte alles nur noch rätselhafter. Natürlich kannte ich das Wort Sitten. Sitten waren das, was man tat bzw. wie man etwas tat. Ich hörte das Wort oft, und zwar fast immer im Zusammenhang mit schlechtem Benehmen. »Was sind denn das für Sitten?«, dieser Satz war vom Sinn her, wie er von meinem Vater verwendet wurde, identisch mit der Formulierung »Was sind denn das für Manieren?«. Das betreffende Werk von Kant hätte also lauten können

Grundlegung zur Metaphysik der Manieren,

es hätte für mich keinen Unterschied gemacht.

Öfter nahm ich eins dieser Bücher aus den Regalen, von Küng bis Kant, von Desmond Morris bis Hoimar von Ditfurth. Ich blätterte die Bücher durch, und wenn sie auf Seite 349 oder auf Seite 418 oder auf Seite 632 endeten, dann dachte ich, was für ein Abenteuer und was für eine Bereicherung, was für ein ganz neues Leben muß es sein, dieses Buch zu lesen und gar bis zum Ende, also bis Seite 349 oder bis zur Seite 418 oder 632! Ich schlug die Seiten auf und tat so, als ob ich läse. Tatsächlich las ich auch, das heißt, mein Auge biß sich auf einer Seite hin und wieder kurz fest, umriß wahrscheinlich drei oder vier Wörter, dann dachte mein Kopf (weil er glaubte, das tun zu müssen oder zu sollen) ein paar Sekunden über diese Wörter nach, anschließend irrten meine Augen und mein Geist davon, und schließlich blieb alles wieder in der umfangreichen Suppe des Großen und Geheimnisvollen zurück, um das es in diesem Zimmer offenbar schon von jeher ging.

Ihren gewaltigen Eindruck konnte die kleine Bibliothek mit ihren wenigen Regalen damals wohl auch deshalb auf mich machen, weil sie nicht groß und deshalb noch alles in ihr besonders, ausgewählt und gleichsam hervorgehoben erschien. Zehn Jahre später würde die Bibliothek in ein viel größeres Zimmer abgewandert sein und der Bestand an Büchern sich etwa verzehnfacht haben. In jener Urbibliothek meiner Mutter dagegen befanden sich nur spärlich Bücher. Die Urbibliothek war noch nicht in Beliebigkeit ausgefranst. Sie kam mir wie der gesamte Reichtum der Welt vor.

Mit der Zeit wurde ich selbst zum Benutzer dieser Bibliothek, allerdings erfuhr meine Mutter nichts davon, denn während der Grundschulzeit suchte ich die kleine Bibliothek vornehmlich immer dann auf, wenn niemand im Haus war und vollkommene Stille herrschte. Vollkommene Stille schien mir am besten zu dem Zimmer zu passen. Die Welt, durch den Vorhang und die Fensterscheibe abgetrennt, war nur noch wie durch Milchglas wahrzunehmen, nur als Schemen. Sie war da draußen, und ich war hier in dem Zimmer.

Meine erste größere Lektüre in dem Zimmer war ein dunkelblaues, mehrbändiges Nachschlagewerk, auf dem *Lingen Lexikon* stand. Ich las zunächst die kleineren Artikel. Das bedeutete, ich schlug einen beliebigen Band des Lexikons auf, blätterte ihn durch und suchte nach möglichst kurzen Einträgen. Die las ich dann. Sie durften zunächst nicht mehr als drei oder vier Zeilen lang sein. Was sie beinhalteten, war vollkommen egal, denn ich verstand sie meistens überhaupt nicht. Es gab inzwischen allerdings auch einige Wörter, die ich gleichsam von außen mit in das Zimmer hineinbrachte und an das Lexikon herantrug, zum Beispiel das Wort »Afrika«. Wir hatten in der Schule einen Film über Wüstentiere in Afrika gesehen, ich hatte in den *Reader's Digest*-Heften meiner Großmutter auch einiges über Expeditionen in afrikanischen Wüsten gelesen, und also versuchte ich im *Lingen Lexikon* den Afrika-Artikel zu lesen. Vom Afrika-Artikel kam ich auf die Artikel zu einzelnen afrikanischen Ländern. Die Länderartikel waren alle nach einem ähnlichen Schema aufgebaut. Ich hielt die Aussagen in den Artikeln für quasi ontologisch: Ein Land bestimmte sich durch seine dort und dort verlaufenden Grenzen. Darauf folgten Angaben über die Einwohnerzahl, die Währung und dergleichen, die Bodenschätze, und ich betrachtete all das als wahre Beschreibung von Ländern generell. Mein erstes Bild von Ländern ergab sich durch diese Lektüre: Grenzen, Einwohnerzahl, Währung, Bodenvorkommen, später im Artikel fand sich dann immer ein Abschnitt zur Geschichte des Landes. Am Ende der Landesgeschichte wurde der Gegenwartszustand des Landes beschrieben, der für mich ewig und unveränderlich schien, so wie ich selbst und überhaupt alles Gegenwärtige mir erschien. Allerdings konnte ich mich bei der geschichtlichen Herleitung des Ist-Zustands eines Landes nur dann orientieren, wenn ich andere Stichwörter im Lexikon nachschlug. So ging ich von einem Lexikonartikel auf den nächsten über und von diesem wiederum auf einen anderen, und manchmal mußte ich zehn, zwanzig Begriffe nachschlagen, um den Geschichtsabschnitt eines Länderartikels halbwegs zu verstehen. Die Textmasse wurde relativ schnell riesig, vor allem, wenn Kriege verhandelt wurden. In der Geschichte der Länder ging es immer wieder um Kriege, und an diesen Kriegen waren andere Länder beteiligt, die im *Lingen Lexikon* wiederum ihre eigenen Geschichtsartikel hatten, und diese waren wieder gespickt mit anderen nachzuschlagenden Stichwörtern. Das nahm kein Ende. Am Anfang entmutigte mich diese stets ins Endlose verweisende Kette, aber mit den Monaten und Jahren besserte es sich. Das Lesen im *Lingen Lexikon* wurde zu einem regelrechten Lebensbestandteil für mich. Inzwischen freute ich mich auf dieses Sich-treiben-Lassen. Ich wußte, jetzt bist du allein im Haus, die Schwester ist bei ihren Freundinnen, die Mutter ist für eine Stunde einkaufen oder für zwei Stunden beim Friseur, und jetzt gehst du in das Zimmer und läßt dich wieder durch das *Lin-*

gen Lexikon treiben, du mußt nur einen einzigen Begriff denken, und sogleich kannst du immer weiter lesen. Dazwischen schlug ich, wie ehedem, hin und wieder das *Philosophische Wörterbuch* auf, verstand aber immer noch kein Wort. Unter den Sätzen in den Länder- oder Kriegsartikeln im *Lingen Lexikon* konnte ich mir immerhin etwas vorstellen, aber unter denen in den Artikeln im *Philosophischen Wörterbuch* nach wie vor gar nichts.

Das Lexikon war in zwei Spalten pro Seite unterteilt. Der Artikel-Begriff war fett gedruckt, dann folgte mit dünneren, sozusagen optisch untergeordneten Buchstaben der Inhalt dieses Begriffs. Der Satz war vergleichsweise locker, das heißt: viel Text wird sich im *Lingen Lexikon* pro Artikel nicht gefunden haben. Später in meinem Leben habe ich dieses Lexikon nur noch zu Billigstpreisen auf Ramschmärkten gesehen, und auch meine Mutter hatte es irgendwann durch ein anderes Lexikon ersetzt.

Ich hielt den jeweiligen dunkelblauen Band in der Hand, und während ich las (ich lag meistens auf dem Bett im kleinen Raum), betrachtete ich immer wieder die bewegungslosen Gardinen und die dahinter bis zur Undeutlichkeit verhangene

Welt. Die Welt da draußen, die ich hätte sehen können, wäre ich von dem Lese-Bett aufgestanden und hätte die Gardinen beiseite geschoben, hätte aus unserem Hintergarten, dem abschließenden Zaun, der parallel zum Zaun fließenden Usa, den am anderen Ufer des Flusses gelegenen Schrebergärten, dem Zuckerrübenfeld, der Horizontlinie und dem Himmel darüber bestanden, also meinen urvertrautesten Bildern. Obgleich ich sie nicht sah, vielmehr nur ihre Schemen durch die Gardine, wußte ich sie doch dort, und die Anwesenheit dieser vertrauten Umgebung beruhigte mich ebenso wie die Tatsache, daß ich nicht dort draußen, sondern hier im Haus war und gerade einen Band des *Lingen Lexikons* in der Hand hielt (ein paar lagen regelmäßig neben mir auf dem Bett). Und während ich meinen kleinen Ausschnitt der Wetterau dort hinter den Gardinen und dem Fenster wußte, las ich im *Lingen Lexikon* über die Burenkriege, über die Französische Revolution oder über die mir stets besonders grausam erschienene Geschichte der Zarenfamilienermordung und den ganzen Machtwechsel in diesem seltsamen Staatengebilde Sowjetunion. Ich las auch über die Raumfahrt, denn durch meinen fünf Jahre älteren Bruder war dieses Thema in meiner ersten Zeit ständig mitgegeben, aber beim Thema Raumfahrt zeigte sich, daß das Lexikon nicht darauf angelegt war, erst kurz vergangene Dinge neu in sich aufzunehmen. Die letzten Mondexpeditionen kamen im Lexikon nicht vor. Überhaupt kam gerade erst Geschehenes bzw. Entdecktes oder Erforschtes im Lexikon nicht vor. Alles, was neu war, war anscheinend nicht geeignet, in einem Lexikon zu stehen. Neuem fehlte dadurch eine gewisse Ehrwürdigkeit. Und eigentlich, glaubte ich damals, waren die Dinge erst da und zu sich selbst gekommen und hatten ihr Dasein offenbart, wenn sie im Lexikon erwähnt wurden. Dann waren sie erst wirklich und konnten ab da auch nicht mehr gehen. Sie hatten ihre Ordnung bekommen und waren nun an ihrem Platz, nämlich im *Lingen Lexikon*. Was nicht im *Lingen Lexikon* vorhanden war, war noch nicht wirklich Bestandteil der Welt. Über Helmut Schmidt stand darin, daß er Finanzminister gewesen war. Aber nicht, daß er Bundeskanzler war. Insofern hielt ich die Kanzlerschaft Schmidts noch nicht für wirklich gültig, sondern für bloß vorläufig. Welt wurde etwas, wenn es im Lexikon stand. Vorher war es bloß amorph.

Aber immer wieder machte ich in diesen Jahren im Zimmer doch auch folgendes: Ich schaute nach den Papieren meiner Mutter.

Die neu beschriebenen Papiere lagen im Schreibtisch. Ich hatte das System inzwischen verstanden: Was sie eben erst geschrieben hatte, wurde in einer der Laden abgelegt, später wanderte es in einen Aktenordner, der im Regal seinen Platz hatte. Mit den Jahren wurden es immer mehr Aktenordner. Erst waren es nur ein oder zwei, dann schon fünf, sechs, sieben, später belegten die Ordner zwei Regalfächer.

Ich öffnete den Schreibtisch, aber nahm die Papiere nie heraus. Der Stapel war regelmäßig mindestens fingerdick. Ich griff höchstens nach dem ersten oder zweiten Blatt, um es näher zu betrachten, die hinteren blätterte ich nur oberflächlich durch, um festzustellen, ob sie den vorderen ähnlich sähen.

Das Papier war stets kariert, wie das Papier meiner Rechenhefte im Mathematikunterricht in der Schule. Es gab Linien, die mit dem Lineal gezogen waren, es war mit Kugelschreiber gearbeitet worden, über einzelnen Bögen befanden sich Oberbegriffe oder kurze Titel, die farblich abgehoben waren (es war die Zeit der Vierfarbenkugelschreiber). Die Schrift bestand aus kleinen, gleichförmigen Wellen. Diese kleinen, gleichförmigen Wellen zogen sich in geringem Abstand von Zeile zu Zeile über jeden Bogen hin. Manchmal gab es einen Absatz, das heißt eine Leerzeile. Dann begannen die kleinen Wellen erneut, sie sahen aus wie Tropfenspuren, die sich bei Regen über Fensterscheiben ziehen, oder wie Spuren von bereits getrockneten Regenrinnsalen an einem sandigen, verkrusteten Hang. Die Papiere waren in einer Gleichförmigkeit vollgeschrieben, die mich an die preußische Armee erinnerte. Durchgestrichen war fast nie etwas, und nie ragte irgendein Wort heraus, weil etwa die wellenförmige Schreibhand aus dem Rhythmus gekommen wäre. Die Wörter, die mein Vater schrieb, waren nicht in dieser Weise wellenförmig, und vor allem neigten die Wörter meines Vaters dazu, gegen Ende kleiner zu werden. Die wellenförmig niedergeschriebenen Wörter, Sätze, Abschnitte meiner Mutter wurden am Ende nie kleiner, sie waren immer klein.

Wir wohnten in einem für meine Maßstäbe und Begriffe riesigen Haus, aber das einzelne Papier im kleinen Zimmer meiner Mutter mußte immer optimal ausgenutzt werden. Das Haus war großzügig, mit dem Papier wurde anders umgegangen. Meine Mutter hätte genausogut das Zehnfache an Papier verbrauchen können, das wäre finanziell nie irgendwem aufgefallen, auch ihr nicht. Aber hier, beim Schreiben, herrschten andere Kategorien. Die Arbeit im Zimmer bedeutete: Papier eng mit gleichförmiger Schrift und möglichst großer Platzausnutzung zu beschreiben. Und mit vierfarbigem Kuli, so daß man gewisse Dinge rot unterstreichen oder Oberbegriffe am oberen Rand des Papieres durch grüne Farbe abheben konnte.

Ich habe zeit meines Lebens niemals eines dieser Blätter meiner Mutter zur Gänze gelesen. Als Kind konnte ich sie nicht verstehen. Sie waren voller »-ismen« und »-logien«. Ich hatte zwar inzwischen verstanden, daß die »-ismen« und »-logien« zeitweilig Kampfinstrumente im Mund meiner Mutter waren, aber das fand ja immer außerhalb des Zimmers statt. Was sie innerhalb des Zimmers für eine Funktion hatten und weshalb die »-ismen« und »-logien« von meiner Mutter so eng aufs Papier gebannt wurden, das begriff ich nicht. Ihre Seiten blieben mir wesentlich fremder als die Seiten im *Lingen Lexikon*. Meine Augen ermüdeten schnell, wenn sie an diesen kleinen Wellentälern und -höhen entlangglitten. Es war eine spezielle Schulschrift, in der alle Buchstaben mehr oder minder gleich aussahen und aus demselben Wellengang gebildet wurden. Ich konnte die Wörter eher erahnen als wirklich lesen, zudem waren die Sätze stets lang, und die meisten standen in Anführungszeichen, sie stammten also gar nicht von ihr selber.

Meine Mutter betrat das Zimmer immer im Morgenrock. Zu dieser Zeit trug sie im Haus sowieso stets ihren Morgenrock. Den Morgenrock zog sie nur aus, wenn sie Zimmer und Haus verließ und mit dem Auto auf die Straße hinausfuhr, um in den Ort zu gelangen oder irgendwohin in den Umkreis Friedbergs. Zu Hause aber legte sie den Morgenrock an. Als ich mich ein bißchen besser auskannte und meine Lexikonartikellektüre inzwischen ins Themengebiet Musik übergegangen war bzw. als ich begann, ein populärwissenschaftliches Komponistenlexikon im Bücherzimmer von vorn bis hinten durchzulesen, so daß ich sattelfest bei jedem Artikel wurde (ich schlug das Lexikon zufällig auf einer bestimmten Seite auf, deutete blind irgendwo auf die Seite und sagte mir dann den in den vorherigen Wochen memorierten Artikel auf), mußte ich, immer wenn ich meine Mutter in ihrem Morgenrock sah (die Farbe war eine Mischung aus Lila und Weinrot), an die Verballhornung eines Porträts von Richard Wagner denken, das ich in diesem Lexikon gesehen hatte. Sie trug allerdings keine Hauskappe.

Korrespondenzen

Meine Mutter führte Korrespondenzen. Sie erhielt Briefe, die ganz besonders waren. Mit diesen Briefen zog sie sich in das kleine Zimmer zurück. Jeder Brief veränderte die Welt, schien mir.

Oder sie setzte sich in das Zimmer, um von sich aus einen Brief zu schreiben. Vorher wurde das hin und wieder angekündigt. Ich muß noch den Brief an X oder Y schreiben, sagte sie dann. Es war eine Aufgabe, diese betreffenden Briefe zu schreiben, fast wie wenn man ein Buch schreibt.

Die Korrespondenzen führte sie mit Männern, und der Inhalt der Korrespondenzen war sicherlich wissenschaftlicher Art, irgendwie geistiger Art, es ging um Geistiges.

Woher habe ich das Wort »Geistiges«? Sie beschäftigt sich viel mit »Geistigem«, so etwas in der Art konnte z.B. mein Vater über meine Mutter sagen. Hin und wieder sagte meine Mutter wiederum zu meinem Vater, mit ihm könne man eben keine »geistigen Gespräche« führen.

Überhaupt seufzte meine Mutter oft, sie habe

so wenig Gelegenheit, ein »geistiges Gespräch« zu führen. Ich hatte keine Ahnung, was sie damit meinte, und wußte nur, es muß etwas mit diesem ganzen Zimmer- und Bibliotheks- bzw. Bücherregalkomplex oben im ersten Stock zu tun haben. Sie tauschte sich in solchen geistigen Gesprächen und Korrespondenzen mit ihren Briefpartnern (es waren ausschließlich ältere Männer) vermutlich über das aus, was Gegenstand des Zimmers war, Bücher, Schriften, Gedanken, »-ismen« und »-logien«.

Was meine Mutter oft zum Seufzen brachte, war also, daß sie in der Familie kein »geistiges« Gespräch führen konnte; was sie allerdings mindestens ebenso häufig zum Seufzen brachte, war, wenn ihr ein solches »geistiges« Gespräch mit jemandem bevorstand oder wenn sie sich ins Zimmer begeben mußte, um endlich den lang hinausgezögerten und wie eine schwere Aufgabe vor ihr liegenden Antwortbrief in irgendeiner ihrer Korrespondenzen zu schreiben. Lieber ging sie in ihrem Morgenrock vorher noch in den Keller und setzte sich an die Mangel, lieber machte sie noch irgend etwas anderes im Haushalt, lieber hielt sie sich erst noch stundenlang vom Schreiben des Briefes ab. Manchmal setzte sie mich in ihren alten Mercedes, den abgelegten ehemaligen Dienstwagen meines Vaters (sie bekam immer den ausgemusterten Vorgängerwagen), dann fuhren wir zur Post, um dort den endlich verfaßten und dann im Bürozimmer abgetippten Brief einzuwerfen. Wir begleiteten ihn sozusagen wie ein Komitee in einem zeremoniellen Akt bis zu seinem endgültigen Einwurf, und wenn der Brief im Postkastenschlitz versank, dann merkte ich meiner Mutter jedesmal die große Erleichterung an. Dann war es ein Seufzen der Entlastung.

Umgekehrt war der Moment, wo ein Brief ihrer Korrespondenz bei uns im Briefkasten lag, nicht nur voll Freude und Erwartung, sondern zugleich begann sich dann eine neue Verantwortungslast bemerkbar zu machen, zunächst kaum spürbar, mit den Tagen und Wochen aber immer drückender, denn der Brief mußte beantwortet werden, und jedesmal wenn diese Aufgabe auf meine Mutter zukam, merkte ich es ihr an.

Inzwischen zog sie mich mitunter ins Vertrauen und erzählte mir von den geistigen Inhalten dieser Korrespondenzen und wovon sie im einzelnen handelten. Eine Zeitlang ging es viel um jenen Theo Düschadeng, von dem es aber, meinem damaligen Glauben nach, kein Buch im kleinen Zimmer gab (ich wußte ja nicht, daß er mit Teilhard de Chardin identisch war). Manchmal schrieb sie Menschen an, die selbst Bücher schrieben. Wenn von Theo Düschadeng die Rede war, sagte sie etwa: Geist ist Materie. Oder sie sagte: Der Kosmos ist Geist. Ich versuchte mir dann immer so etwas wie Materie oder Geist vorzustellen, oder den Kosmos. Wenn ich an Kosmos dachte, fiel mir das De-Chardin-Buch mit dem Sternennebel ein, das öfter auf ihrem Tisch lag, wenn sie korrespondierte. Also eine Ansammlung von Sonnen und Planeten. Daß ein Geist oder *der* Geist nicht vorzustellen war wie etwa der Gespenster-Geist von Canterbury, das war mir klar. Dieser Geist trug kein weißes Bettuch, hatte keinen kapuzenförmigen Kopf und auch keine Augenschlitze. Der Geist war etwas, das irgendwie da war, aber man konnte ihn nicht greifen. Ohne Geist würde ich nicht denken, meine Mutter nicht sprechen und gäbe es all die Bücher nicht. Eigentlich die Menschen nicht. Das war meine Vorstellung von Geist. Und irgend etwas hatte das also mit Materie zu tun, ja, mit dem ganzen Kosmos. Alles war identisch. Behauptete sie oder hatte sie bei Theo Düschadeng gelesen. Theo Düschadeng war aufgrund dieser Behauptung für sie eine Art von Held. Er hatte Großes geleistet: Geist ist Materie. Nun saß sie oben im Morgenrock in ihrem Zimmer und las und exzerpierte, um, ähnlich einem Alchemisten bei der Umwandlung von Blech in Gold, die Identität von Geist und Kosmos zu beweisen oder sie näher zu verstehen, sie zu durchleuchten oder zu durchdringen. Und darüber führte sie ihre Korrespondenzen.

Ich sagte nichts dazu. Alles, was sie erzählte, bekam übrigens tatsächliche Seinskraft erst dann, wenn sie gar nicht im Haus und ich wieder ganz allein in ihrem Bibliotheksräumchen war, wenn wieder totale Stille herrschte und die Welt da draußen abgerückt war hinter die weißen Sichtschutzgardinen. Dann nahm ich das Sternennebelbuch oder ein anderes Buch, blätterte die seltsamen Papiere meiner Mutter durch und meinte wahrzunehmen, daß die Identität von Geist und Materie oder Kosmos oder was auch sonst hauptsächlich erkennbar war an der Stille, die gerade herrschte, und an der Tatsache, daß es einerseits mich und dieses Zimmer und die Gegenstände darin, andererseits die nach draußen abgerückte Welt gab. Irgend etwas war spürbar, eine Art Durchwehen. Die Stille durchwehte mich. Wenn meine Mutter da war, hörte dieses Durchwehen auf, dann rückten Begriffe wie Morgenrock oder Theo Düschadeng in den Vordergrund, alles zerstob dann.

Manchmal traf sie bestimmte Menschen, meistens solche, mit denen sie Korrespondenzen führte. Es war sie, die den Korrespondenzpartner besuchte, die Korrespondenzpartner selbst traten in unserem Haus nie in Erscheinung. Die Korrespondenzpartner konnten in ganz anderen Teilen Deutschlands wohnen. Insgesamt gab es, solange ich in dem Haus lebte, drei oder vier dieser Korrespondenzpartner.

Die Kriterien für die Auswahl dieser Partner im geistigen Gespräch waren mir nicht nur unbekannt, ich dachte darüber auch nicht nach. Sie waren einfach da. Immer wieder fiel zum Beispiel der Name Usinger. Der Name Usinger war für mich als Kind aus einfachen Gründen merkbar, denn der Fluß vor dem Fenster meines Kinderzimmers hieß Usa, die Usa durchfloß das sogenannte Usatal (unser Kreis hätte für mich auch Usakreis heißen können statt Wetteraukreis), und die Stadt, die nach der Usa benannt war, hieß Usingen, das war nur ein Buchstabe entfernt von Usinger.

Jener Usinger schrieb Bücher. Die Anzahl der Usinger-Bücher in der Bibliothek wuchs mit der zeitlichen Länge des Kontakts meiner Mutter zu jenem Usinger (er hieß bei uns immer »der Herr Usinger«). Offenbar kaufte sie nicht die Bücher, sondern er schenkte sie ihr. Usinger war ganz früh ein Begriff für mich. Usinger hatte auch mit Kosmos und Geist zu tun. Er war älter als meine Mutter, sie sagte immer, er sei ein alter Herr. Meine Mutter war damals für mich zwar auch alt (sie war etwa so alt wie ich heute), aber unter Usinger stellte ich mir einen ganz alten Herren vor, einen mit Hornbrille, dicken Gläsern und Anzugshosen, die so hochgezogen waren, daß sie bis direkt unter die Brustwarzen reichten. Ich malte ihn mir als jemanden aus, der noch viel intensiver als meine Mutter in einem ähnlichen Zimmer wie sie herumsaß, wahrscheinlich aber mit wesentlich mehr Büchern darin, und der noch viel engagierter als sie Papiere vollschrieb, und wenn er nicht in seinem Zimmer gesessen hätte, aber ich mich darin befunden hätte, wäre es noch viel stiller als in dem Zimmer meiner Mutter gewesen, und alles wäre noch viel mehr durchweht gewesen, und der Geist und die Materie und der Kosmos wären im Bücher- oder Studier- oder

Arbeitszimmer dieses alten, mir stets ehrwürdig erschienenen Herren noch viel spürbarer gewesen als bei uns im ersten Stock. Das Zimmer Usingers, wenn er so viele Bücher produzierte, die sich sukzessive alle bei uns im Bücherzimmer wiederfanden, mußte noch viel mehr eine Einheit aus Geist, Materie und Kosmos darstellen als das Zimmer meiner Mutter.

Die Bücher Usingers ließen sich allerdings nicht nach symmetrischen Gesichtspunkten zusammenordnen, anders als bei Immanuel Kant. Die Bücher jenes Usingers waren unterschiedlich groß, hatten unterschiedlich dicke Einbände und unterschiedliche Farben. Daß das darauf beruhte, daß alle diese Bücher in unterschiedlichen Verlagen erschienen waren, beachtete ich damals nicht. Ich schlug die Bücher Usingers gern auf, denn sie waren meistens extrem dünn. Teils handelte es sich um Gedichtbände. Auf jeder Seite fanden sich vielleicht acht oder zehn kurze Zeilen, und insgesamt umfaßten die Bücher nur dreißig oder vierzig Seiten. Eines der Bücher nannte sich

Kosmologische Gedichte

Diesen Titel meinte ich sofort einordnen zu können, dort mußte es um ebenjene drei Begriffe gehen, Materie, Geist und Kosmos. Und *Kosmologische Gedichte* war ein Titel, in dem »-logie« auftauchte. Was konnte besser in die Bibliothek meiner Mutter passen!

Las ich Usinger-Gedichte, las ich immer etwas, das mir sehr wertvoll vorkam. Im Vergleich zu den Papieren meiner Mutter mit ihrer kleinen, wellenförmigen Schrift standen auf einem Buchblatt Usingers nur überschaubar wenig Buchstaben. Sie waren gedruckt, die Wörter hatten viel mehr Platz, deshalb hatte allein schon rein optisch jedes Wort mehr Gewicht als die endlosen Wellenlinien bei meiner Mutter. In den *Kosmologischen Gedichten* kamen Planeten- oder Sternennamen vor. In den anderen Büchern Usingers, die ich durchblätterte, stieß ich auf keine Planeten- und Sternennamen, auch das Wort Kosmos fand sich nicht, aber dennoch wurde das ganze Phänomen Usinger für mich überstrahlt durch Kosmos, Geist und Materie.

Usinger wohnte in Friedberg in der Wetterau, der Stadt, in der auch wir wohnten. Er wohnte in der Burg. Natürlich hatte ich ihn nie leibhaftig gesehen. Aber so, wie meine Mutter über ihn sprach, war er das geheime Zentrum der Stadt und das eigentlich Wichtige an ihr, denn mit

Usinger konnte man ein geistiges Gespräch führen, und ansonsten konnte man das in Friedberg nicht. Überdies hatte Usinger laut meiner Mutter eine Schwester, die sich um ihn und seinen Haushalt kümmerte, so daß er sich ganz seinem geistigen Leben zuwenden konnte. Sie nahm auch die Telefonate entgegen, wenn man Usinger anrief. Diese Schwester hatte sich ganz in den Dienst ihres Bruders gestellt. Er mußte also so etwas wie ein Genie oder eine gottähnliche Gestalt dort oben in der Burg sein, wenn es jemanden gab, der ihm alle Aufgaben abnahm und das eigene Leben ganz ihm widmete.

Natürlich bestimmte das für mich das Bild der Stadt. Es gab Geist-Materie-Zentren in Friedberg, eines lag in unserem ersten Stock im kleinsten Zimmer des Hauses, ein anderes, weitaus gewichtigeres und von meiner Mutter durch Ehrfurcht (und von der Schwester durch Dienerschaft) gewürdigtes Zentrum lag in der Burg. Usinger sprach oder schrieb in der Burg in seiner durchwehten Stille ganz wichtige Worte, jedes einzelne davon war wichtig, und die wurden dann nicht besonders zahlreich auf eine Seite gedruckt, und insgesamt durfte auch das Buch nicht dick werden, diese Geist-Materie-Worte mußten luftig dastehen, jede einzelne Zeile mit handwerklicher Aufmerksamkeit bedacht.

Und dieses, was noch unfaßbar höher stand als die Tätigkeit meiner Mutter in ihrem Zimmer, geschah in einem kleinen alten Haus in der Friedberger Burg. Mir schien dieser Ort geradezu heilig zu sein. Heilig, denn dort wohnte ein Dichter. Er war *summa summarum* der erste Schriftsteller in meinem Leben.

Besuche

Manchmal stattete meine Mutter Usinger einen Besuch ab. Sie kündigte das vorher an, ähnlich wie eine zu erledigende Korrespondenz. »Nächste Woche werde ich den Herrn Usinger besuchen.« Sie würde ihn in seinem Geist-Materie-Kosmos-Zentrum oben in der Friedberger Burg besuchen. Ich stellte mir Besuche in größtmöglicher Stille vor. Sie würden in seinem Bücherzimmer zwischen all seinen Büchern sitzen, vor dem Fenster wäre die Welt da draußen, sie wären drinnen, es würde den Raum durchwehen, und sie würden geistige Gespräche führen.

Sie mußte von den Besuchen bei Usinger jedesmal als eine andere zurückkehren, schien mir. Als werde sie bei Usinger unbedingt etwas lernen, etwas mit auf den Heimweg bekommen, ein neues Stück Welt, eine neue Erkenntnis (meine Mutter sprach oft von »Erkenntnissen«, vor allem Theo Düschadeng hatte solche »Erkenntnisse«). Usinger mußte meine eigenen Lehrer und den ganzen Schulstoff, mit dem ich als Grundschüler täglich umgeben war, nicht nur bei weitem übertreffen, er gehörte vielmehr zu einer ganz anderen Kategorie, einer viel größeren und wahreren Kategorie. Der Geist-Kosmos-Materie-Kategorie, die in meiner Grundschule gar nicht existierte.

Wenn meine Mutter den Herrn Usinger besuchen wollte und der Besuch noch nicht unmittelbar bevorstand, war sie voller Vorfreude. Aus ihrem Mund nahm sich das in Reichweite rückende Gespräch mit dem Herrn Usinger als eine Art von Paradies oder Erfüllung aus, etwas, das stets fehlt, aber oben in der Burg bei Herrn Usinger nicht mehr fehlen wird. Mir kam es vor, als hätten sich ganz viele Fragen oder Redebedürfnisse angestaut, die sie dort oben beim Herrn Usinger in seinem Friedberger Geist-Materie-Zentrum endlich würde stellen bzw. einlösen können. Beim Abendessen kündigte sie, je nachdem, mit welcher Verspätung mein Vater aus Frankfurt von seiner Arbeit oder von seinen sonstigen Verrichtungen dort zurückgekehrt war, um so nachdrücklicher und deutlicher an, daß sie bald wieder zum Herrn Usinger gehen werde.

Bevor der Besuch bei Herrn Usinger in der Burg stattfand, intensivierte meine Mutter ihre Zimmerphasen. Sie las unmittelbar vor dem Besuch nicht nur stoßartiger, sondern sie verfertigte auch um so mehr gleichförmige Wellen mit dem Vierfarbenkugelschreiber auf ihrem Karopapier. Sie las und schrieb, als gelte es, sich so gut wie möglich auf das geistige Gespräch mit Herrn Usinger vorzubereiten. Auf dem Schreibtisch lag dann immer Teilhard de Chardin, deutsch ausgesprochen. Ich sah den Sternennebel und verband das Bild, das auf dem Buch abgedruckt war, mit Usinger, der dadurch für mich immer mehr zu einer kosmischen Gestalt wurde.

Kam der Tag des Besuchs, sagte meine Mutter allerdings manchmal im letzten Augenblick ab. Sie sagte dann, es gehe ihr nicht gut. Sie legte ihr Nachthemd wieder an, begab sich mit einer gewissen Endgültigkeit zu Bett, um zwei oder drei Uhr nachmittags, und kapitulierte für den Augenblick vor dem Friedberger Schriftsteller. Als könne sie das Bevorstehende nicht bestehen. Lieber legte sie sich ins Bett und bekam eine Kolik. Eine Stunde später erschien sie dann in ihrem Morgenrock und kochte sich erst einmal einen Kamillentee.

Sie konnte den verabredeten Besuch aber nicht auf ewig verschieben. Es schien sie ungeheure Kraft zu kosten, schon im voraus, jenes Treffen mit dem Schriftsteller und Dichter Fritz Usinger in der Burg. Selbst die Wetterverhältnisse schienen von dem Besuch beeinflußt, denn am Himmel zogen sich immer Wolken zusammen. Das Wetter war nie wirklich gut, wenn meine Mutter zum Herrn Usinger fuhr. So beeinflußte der Geist die Materie. Oder es beeinflußte umgekehrt die Materie den Geist, und in meiner Mutter zogen dieselben Wolken auf, die draußen herankamen und sich über der Burg positionierten. Zumindest stellte ich mir das so vor: Vorn fährt meine Mutter mit dem Mercedes durch das Burgtor in die Burg hinein, und oben türmen sich die dunkel dräuenden Wolken über der Burg, während Usingers Schwester aus dem Fenster schaut und Fritz Usinger wie immer nicht zu sehen ist, weil er gerade in seinem Zimmer sitzt und dichtet.

Aber noch ist meine Mutter zu Hause. Noch steht sie im Hauseingang, zieht gerade ihren Übergangsmantel an und nimmt ihre Handtasche von der Garderobe. Dorthin, wohin sie nun gehen (bzw. fahren) würde, würde ich nie mitkommen, das war klar. Sie würde in die Burg fahren, und ich würde zu meiner Freude wieder ganz allein im stillen Haus sein können.

In angespannter Haltung schreitet sie durch

die Tür. Sie muß nicht die Zufahrt zum Hoftor entlanglaufen, um es zu öffnen, denn mein Vater hat es am Morgen offengelassen, als er zu seiner Bierfirma nach Frankfurt fuhr, weil er wußte, heute nimmt seine Frau ihren Wagen, um in die Burg zu fahren. Es war die Zeit, als das Hoftor tagsüber noch offenbleiben konnte, da es unseren Yorkshireterrier nicht gab, der wurde erst zwei, drei Jahre später gekauft. Und als der Yorkshireterrier kam, wurde das Hoftor elektrifiziert. Jetzt aber, zur Usinger-Zeit, wurde das Hoftor noch manuell geöffnet.

Sie setzt sich ins Auto. Das war immer das letzte, was ich von ihr sah: Ein konzentriertes, angespanntes, etwas ängstliches Gesicht. Sie wirkte wie vor einem Arztbesuch. Ich stand im ersten Stock hinter der Gardine, die die Welt in drinnen und draußen teilte, und schaute meiner Mutter zu, wie sie rückwärts die Einfahrt entlangfuhr Richtung Hoftor.

Haus. Stille. Gardinen. Ich.

Manchmal kam sie zurück und war gescheitert, das passierte aber nur zwei- oder dreimal. Sie war mit dem Wagen um die Burg herumgefahren (Wolken, Übergangsmantel), hatte unterhalb der Burg geparkt und dann eine Stunde im

Wagen gesessen, im Versuch, sich zu überwinden und endlich weiterzufahren, um den Besuch zu erledigen. Sie hatte sich allerdings nicht überwinden können. Darauf fuhr sie unverrichteter Dinge nach Hause, stand wieder im Türrahmen, hängte den Übergangsmantel an die Garderobe und legte ihre Handtasche auf die Ablage zurück. Anschließend kochte sie sich einen Kaffee oder trank einen Schnaps.

Aber auch wenn der Besuch stattfand, saß sie mitunter vorher lange Zeit in ihrem Auto herum und war so ratlos und nervös, daß man von einer Verzweiflungsattacke reden konnte. Das Auto hatte sie dann wieder irgendwo am Straßenrand unterhalb der Burg abgestellt, und die Blätter der Bäume wurden braun und brauner. Es konnte der komplette Herbst eintreten innerhalb einer solchen Stunde. Bei der Ausfahrt aus der Hofeinfahrt hatte noch Spätsommer geherrscht, nun war schon überall Herbst, und sie war noch immer nicht bei Herrn Usinger gewesen, derweilen die Wolken über der Burg schon auf sie warten, und Usingers Schwester auch.

Usinger bemerkte nicht, daß sie nicht erschien, dachte ich dann. Er merkte es nicht, denn er dichtete. In der Burg saß Usinger und dichtete, aber meine Mutter saß in ihrem abgestellten Auto unterhalb der Burg, seufzte und krallte sich am Lenker fest.

Irgendwann dreht sie den Zündschlüssel, und nun fährt sie in die Burg ein.

Wenn sie bei Usinger war, kam sie in den ersten Jahren wie verwandelt zurück. Der Dichter hörte sie an, sprach mit ihr, unterhielt Kontakt. Es war ohnehin ein gewisses Wagnis gewesen, an ihn heranzutreten, er, Büchnerpreisträger und Literat, und sie eine halb so alte Frau, also für Usinger eine junge Frau. Die junge Frau, die an den alten Lyriker herantritt. Zuerst mit Briefen, dann mit Besuchen. Um ein geistiges Gespräch zu führen. (Ich nahm das damals alles einfach so hin, diese comic-hafte Dichotomie der Welt, die mir Usinger in die Burg als Sagengestalt hineinzeichnete. Usinger war nicht nur die Gegenwelt, sondern die bessere Welt, die eigentliche Welt. Ich leitete das aus den Erzählungen meiner Mutter, aus ihrem Zimmer und aus der bloßen Tatsache ab, daß in diesem Zimmer Bücher standen, auf die der Name

Fritz Usinger

gedruckt war. Für mich war die Gestalt oben in der Burg ein fleischgewordenes Buch. Er war kein

Mensch wie ich, er war irgend etwas anderes, Geistmaterie eben, und der wahrere Ausdruck dieser Geistmaterie war nicht der Mensch, als der der Mensch erschien, sondern das Buch, als das der Mensch erschien. Deshalb eignete meiner Mutter etwas durchaus Vorläufiges, ja Dilettantisches, vielleicht sogar bloß Eingebildetes, denn sie existierte nur in Form dieser abgelegten Wellenlinien, aber nirgends als Buch. Sie kam in den Regalen nicht vor. Und im Gegensatz zu Usinger auch nicht im *Lingen Lexikon*. Der Beweis blieb aus, die Manifestierung als Buch. Das Buch, die eigentliche Geistmaterie. Meine Mutter existierte nicht, sie existierte bloß in Zeit und Raum, wie ich, aber sie hatte den Sprung in die andere Dimension nicht geschafft. Diesen Sprung stellte ich mir in etwa vor wie einen Dimensionensprung in einem Science-fiction-Film. Eine Parallelwelt, in die nur Ausgewählte kommen. Mit einer ganz bestimmten Apparatur. Ob sich die geistige Apparatur meiner Mutter allerdings in der Nähe der Möglichkeit zu einem solchen Dimensionensprung in die Geistmaterie befand oder ob sie in ihrem Kopf nur eine klägliche Pseudo-Apparatur zusammengezimmert hatte, hilflos wie die Pseudo-Geräte, die mein geburtsbehinderter Onkel in seiner erfundenen Scheinwerkstatt im Keller des Hauses meiner Großmutter zusammenbaute – er hielt sich ja für einen wirklichen Ingenieur, wenn er dort sägte und feilte in seinen vermeintlichen Handwerkstätigkeiten –, das konnte ich nicht beurteilen. Die Eventualität, die da oben in ihrer Burg könnten auch über andere Dinge sprechen als über »geistige«, wäre mir niemals in den Sinn gekommen, wobei das Wort »geistig« für mich natürlich immer inhaltsleer im Raum stehenblieb, denn ich hatte keine Vorstellung von »geistigen« Dingen, ich wußte nur, daß sie irgendwie entrückt, besser und eigentlicher waren und hinter Gardinen stattfanden. Usingers Gedichte verstand ich nicht, und der Geist-Materie-Kosmos-Komplex war in dem Sternennebelbuch meiner Mutter dermaßen von mathematischen oder physikalischen Formeln unterfüttert, daß ich ebenfalls nichts davon begriff und inzwischen die Idee entwickelte, auch meine Mutter könne von diesen Formeln wahrscheinlich nichts verstehen. Daß ihre Papiere reine, wörtliche Exzerpte waren und sie in erster Linie nur damit beschäftigt war, abzuschreiben, was sie liest – als könne man sich das Gelesene dadurch zugänglicher machen, als sei es einem dann näher, als habe man es sich dann irgendwie sozusagen einverleibt und zu seinem Eigentum gemacht –, das wurde mir auch erst einige Jahre später klar. Als Kind nahm ich das alles, wie gesagt, einfach so hin und glaubte tatsächlich an diese Dichotomie von der eigentlichen und der uneigentlichen Welt.)

Kam sie von ihrer Korrespondenzbekanntschaft zurück, dann sprudelte ihr Kopf eine Weile, sie war wie beseelt. Sie wirkte wie ein Mensch, der, eben noch von seinem Arbeitstag angestrengt, nach einem Saunabesuch oder einem Waldlauf durchgepustet ist. Mit einer für sie sonst ungewöhnlichen Frischheit betrat sie in den Folgetagen das Zimmer, um dort ihrer wellenförmigen Tätigkeit nachzugehen.

Aber mit den Jahren wurden diese Besuche schwieriger. Fritz Usinger wurde immer älter. Je älter er wurde, desto größere Angst hatte meine Mutter vor den Besuchen, und sie kam auch nicht mehr erfrischt von ihm zurück. Als er schließlich siech wurde, suchte sie ihn nur noch mit meinem Vater auf.

Klavier

In unserem Haus stand ein Klavier, unbekanntes Fabrikat, angeblich aus den zwanziger Jahren des vorigen Jahrhunderts. Die Mechanik war viel zu leichtgängig, die Saiten waren meistens nicht gut gestimmt, das Holz abgeschabt, insgesamt war das Klavier nicht sehr gut durch die Jahre gekommen. Als ich ein Kind war, hatte es seinen Platz im ersten Stock, später wanderte es hinunter in den sogenannten Hobbyraum.

Von den ungezählten Hobby-Versuchen meiner Schwester führten sie manche an dieses Klavier. Dafür kaufte man Kinderklavierlernbücher, und zunächst einmal wurden mit Filzstift Zahlen oder Buchstaben auf die Tasten geschrieben, das erforderte die pädagogische Methode des jeweiligen Lehrwerks. Die Tasten waren später nie mehr ganz sauber zu bekommen.

Meine Schwester saß vor diesem Klavier, hämmerte mit dem Finger auf die Tasten ein, je nachdem, wie diese beschrieben waren, und ließ dann bald von dem Klavier wieder ab. Ein oder eineinhalb Jahre später wurde das Klavier erneut mit irgendwelchen Zahlen oder Buchstaben versehen, und der Finger meiner Schwester hämmerte wieder auf es ein.

Oder es wurde der Flohwalzer gehämmert. Aber immer nur die ersten Takte, der Rest des Flohwalzers wurde nie beherrscht. Alle Freundinnen meiner Schwester hämmerten auf dem Klavier herum. Manchmal wichen sie auch ganz von der jeweiligen Lernmethode ab und hämmerten einfach so auf das Klavier ein. Sie hämmerten auf es ein, als könnten sie es spielen. Es war wie Luftgitarre. Luftgitarre spielen erzeugt allerdings keine Geräusche. Die Hämmerei dauerte immerhin meist nur wenige Minuten, danach erlahmte ihr Wille und suchte sich einen neuen Gegenstand. Das Klavier, in Ruhe gelassen, stand dann in seinem Zimmer wie ein geschundenes Tier, das man nach dem Schinden sich selbst überlassen hat. Manchmal schien es mir zu weinen oder einen Wehmutslaut von sich zu geben oder vielleicht etwas wie das Geräusch des Hummers, wenn er stirbt. Ein leises Ausatmen. Ich konnte dem Klavier stundenlang gegenübersitzen, wenn ich allein im Haus war. Es hatte dann seine Ruhe, und ich auch. Zwischen mir und dem Klavier existierte so etwas wie ein Seelenverbund.

Wenn es allein war, weder mißbraucht noch von einem Spieler zum Leben erweckt, schien es eine unerschöpfliche Welt zu beherbergen, zu der aber niemand Zugang hatte. Als handle es sich um einen König, der gerade sein Reich nicht besitzt und deshalb ein funktionsloser König ist. Ich berührte manchmal einige Tasten und fühlte der Kraft und der Bewegung nach, um zu erfahren, welche Intensität oder Weichheit erforderlich war, um einen angemessenen Ton zu erzeugen. Aber es war immer nur ein einzelner Ton. Spielen konnte ich nichts und unternahm auch keinen dahingehenden Versuch. Die Hämmerei der Schwester saß mir ohnehin im Ohr.

Und da stand das Klavier und schwieg mit mir. Aber obgleich wir schwiegen, sprachen wir doch im Geist miteinander, und dann zeigte mir das Klavier mittels meines Vorstellungsvermögens, was in ihm vorhanden war, nämlich sozusagen alles. Es entwarf aus sich komplizierte und schöne Gebilde, die ich mir eher optisch als akustisch vorstellte, Muster, Mäander, Symmetrien, Kreise, geometrische Figuren, allesamt vielfarbig und immer in harmonischer, abwechslungsreicher Ordnung, mal ganz groß, mal miniaturhaft klein. Man hätte es eine Form von stiller Musik nennen können. Musik als bloße Möglichkeit ihrer selbst. Das Klavier, allein mit mir, war ein Phänomen der Stille, und der Raum um es herum hatte diese Durchwehtheit, die ich aus dem Bücherzimmer meiner Mutter kannte. Es stand genauso zugeklappt da wie die Bücher in den Regalen meiner Mutter. Als Möglichkeit seiner selbst, aber momentan nicht *in actu*.

Die einzige Person, die in unserem Haus ein wenig Klavier spielen konnte, war meine Mutter. Das Klavier hatte ursprünglich ihrem Vater gehört. Wie gut oder schlecht meine Mutter spielte, wußte ich damals nicht zu beurteilen, ich hatte keinen Vergleich, aber ich fand, was sie spielte, wundervoll. Ich ging in den Harmonien ganz auf. Jeder Akkordwechsel goß sich wie eine neue Farbe in mich und mein Empfinden. Ich war stets froh, wenn sie am Klavier saß (das tat sie damals vielleicht alle zwei, drei Wochen, immer nur für wenige Minuten, mit einer Tasse Kaffee und einer Zigarette), denn das war ein besonderer Augenblick, und diese Musik mit den wunderbaren Akkorden konnte man nur von ihr hören. Ihre Hände auf dem Klavier waren für mich wie

Zaubererhände. Wie von selbst wußte sie sie so zu bewegen, daß das Klavier seine Musik machte, als wäre sie damit geboren worden. Nur sie konnte das, im ganzen Haus. Wenn sie spielte, schlich ich mich zum Türrahmen und lauschte. Sie spielte das Stück nie zu Ende, sie kam stets irgendwann aus dem Rhythmus und verhaspelte sich, weil die Finger nicht rundliefen. Aber das war mir völlig gleich, es war ja sowieso unfaßbar, was sie da tat, und vermutlich war das Unfaßbare so schwer, daß man dabei ins Stolpern geraten mußte.

Sie spielte immer das erste Präludium aus Bachs *Wohltemperiertem Klavier*, aber das wußte ich nicht. Sie spielte es auswendig, ohne Noten, immer nur die ersten fünfzehn oder zwanzig Takte. Es war so ziemlich das Größte und Schönste, was ich als Kind kannte. Es war Musik gewordene Stille, es war, wie allein im Haus zu sein.

Der Raum war dann in seiner Leere und Stille gefüllt. Zwar sah man nichts, und es hatte sich augenscheinlich am Raum nichts verändert, aber alles war mit einem Mal in einem anderen Zustand. Es war nicht wie ein Leuchten, ich hatte kein Gefühl von Helligkeit dabei. Nein, ich hatte vielmehr wie im Bücherzimmer das Gardinengefühl. Wir hier im Haus waren etwas Stilles, Abgeschottetes, Eigenes, etwas Universaleres als die Welt dort draußen, und die Universalität des Raums entsprang der nun hörbar gemachten Stille, die das Haus durchwehte. Das Klavier, Bach, die Akkorde, die von den Fingern meiner Mutter berührten Tasten machten die Stille sprechend, wie wenn etwas mit Geheimschrift unsichtbar auf Papier geschrieben ist, aber wenn man es in die Nähe einer Kerze bringt, werden Buchstaben, Wörter, Schriftzüge sichtbar und verraten das Geheimnis des Papiers. Erst die Töne der Musik gaben der Stille ihren Resonanzraum, ganz ähnlich, wie eine Tongabel zunächst kaum hörbar ist, wenn man sie anschlägt, und ihren Ton erst wirklich mitteilt, wenn man sie an einen resonierenden Körper hält, was ein Instrument, eine Tischplatte, aber genausogut das eigene Knie sein kann oder der eigene Schädel.

Musik, die Bachschen Akkorde, das schien die dem Durchwehen innewohnende Struktur zu sein. Das, was ich so oft im Bücherzimmer gespürt hatte, jenen Zug durch den Raum, war hier in den Tönen offenkundig, wenn auch nicht greifbar. Es mußte etwas mit dem Geist-Materie-Kosmos-Komplex zu tun haben. Ich hatte immer nach dem Wesen gesucht, das im Bücherzimmer beherbergt sein müsse. Ein Wesen, das auch bei Usinger ein und aus geht, und das Zimmer im ersten Stock war vielleicht nur eingerichtet, um dieses Wesen auch in unserem Haus empfangen zu können. Ein für dieses Geistwesen gebauter Tempel. Das Zimmer schien dieses Wesen herbeirufen zu wollen, und vielleicht wohnte es ja auch vorübergehend zwischen den Regalen und nahe an den Wänden und verursachte dieses Durchwehen des Raumes, wie ein zeitweiliger Besucher. Und nun hielt das Klavier gleichsam ein Licht gegen dieses Wesen, und seine Seele, sein Atmen, sein Wehen wurde hörbar. Es zeigte sich jetzt.

Hörte meine Mutter auf, verstummte es, aber war in der folgenden Stille als genau dasselbe anwesend, nur eben nicht mehr hörbar.

Unterstufe

Ich kam auf das Gymnasium. Dort gab es ein Deutschbuch, das einen Titel trug, als wäre es für Menschen wie meinen Onkel geschrieben, also solche, die Schwierigkeiten haben:

Lesen Darstellen Begreifen

In der Grundschule hatten wir keine Schulbücher gehabt. Schulbücher waren mir völlig neu. In den ersten vier Jahren hatte es bloß eine sogenannte Fibel gegeben, die ich für mich nie unter dem Begriff »Buch« subsumiert hatte. Jetzt, auf dem Gymnasium, als wir erstmals *Lesen Darstellen Begreifen* ausgehändigt bekamen, fiel mir an dem mir geliehenen »Buch« gleich ins Auge, daß es nur ein Surrogat von »Buch« war. Dieses Buch unterschied sich deutlich von allen Büchern in der Bibliothek meiner Mutter. Es gehörte offenbar niemandem, es hatte nirgends einen festen Platz, es wurde an verschiedene Leute verteilt, und meinem »Buch« konnte ich eindeutig ansehen, daß es vorher von irgendwelchen anderen Menschen benutzt worden war, die in dem Buch ihre Spuren hinterlassen hatten. Zwei Leute, ein

Junge und ein Mädchen, hatten ihren Namen in das Buch geschrieben, sie waren die jeweiligen vorherigen Eigentümer/Benutzer dieses Buchs gewesen. Ich hätte mich gern mit ihnen darüber unterhalten, was denn dieses Buch für sie gewesen sei, aber zum einen waren die Namen mir völlig unbekannt, und zum anderen hatte ich auch ein wenig Angst davor, denn die beiden Voreigentümer hätten ja durchaus Menschen sein können, die als die richtigen Adressaten für ein Buch namens *Lesen Darstellen Begreifen* in Frage gekommen wären, also Menschen wie mein Onkel J. (die Mitschüler in meiner Klasse sahen aber nicht aus wie mein Onkel, und sie waren nicht geburtsbehindert).

Das Buch wurde in der zweiunddreißigköpfigen Klasse zweiunddreißigmal verteilt, die Deutschlehrerin hatte ebenfalls eines auf dem Tisch. Macht dreiunddreißig. Ich hatte noch nie ein Buch so oft gesehen. Bücher hatte ich bislang für etwas Einmaliges gehalten. Zwar war ich nicht davon ausgegangen, daß jedes Buch nur einmal existiere, aber ich war jederzeit davon ausgegangen, daß zwischen den einzelnen Exemplaren eines Buches mindestens eine solche Distanz liegen müsse wie zwischen der kosmischen

Stube Usingers und dem Bücherzimmer meiner Mutter. Das Buch des deutsch ausgesprochenen Teilhard de Chardin etwa hätte ich nie im Leben im Haus unserer Putzfrau, die direkt uns gegenüber wohnte, erwartet. Im Haus der Steubers, ebenfalls gegenüber: undenkbar. Im Haus von Herrn Migot die Straße abwärts: undenkbar. Oder bei Rubin in der Schrebergartenhütte gegenüber dem Zaun am südlichen Ende unseres Gartens: undenkbar. Ich konnte mir das Sternnebelbuch Teilhard de Chardins maximal bei Herrn Usinger in der Burg vorstellen. Dann vielleicht wieder bei irgendeinem anderen »geistigen« Menschen an einem ähnlich exponierten Geist-Materie-Ort wie dem Usingerzimmer in der Friedberger Burg, vielleicht bei irgendeinem einsamen Forscher in der Bad Nauheimer Sternwarte. Das Buch *Lesen Darstellen Begreifen* aber lag dreiunddreißigmal in einem Raum auf den Tischen. Und wenn ich in die Schulbibliothek ging, stand es dort zu Hundertschaften im Regal, gleichsam einkaserniert.

Aber ich hatte kein Mitleid mit dem gelbroten Buch, denn es war ja nur ein Surrogat von Buch. Ein Buch konnte nicht so oft nebeneinander existieren! Ein Buch konnte nicht einfach so jedem in die Hand gegeben werden! Ein Buch entrückte sich einem eher, als daß es sich von selbst aufschlug, und ein Buch war auch nichts, über das jemand zu einem anderen sagen konnte: Schlag es auf Seite soundso auf! Das einzige stets auf Anweisung irgendwo aufzuschlagende Buch, das ich kannte, war das Gesangbuch in der Kirche, aber inzwischen, im fünften Schuljahr, ging ich schon lang nicht mehr in die Kirche.

Dreiunddreißig Köpfe starren zeitgleich in das Buch mit dem Titel für Menschen, die Schwierigkeiten haben wie mein Onkel. Auf dem Buch fand sich nicht einmal ein Verfasser. Dort stand nicht so etwas wie

Fritz Usinger
oder
Teilhard de Chardin,

dort war gar kein Name zu lesen. Anscheinend war niemand für dieses Buch verantwortlich.

Das Buch fand überdies in einer völlig falschen Umgebung statt, nämlich in einem Schulsaal. Es konnte kaum einen größeren Unterschied geben als zwischen dem Bücherzimmer meiner Mutter bzw. dem von mir stets imaginierten Dichter- und Studierzimmer Usingers einerseits und einem Betonklassensaal der hessischen Gesamtschule in

Friedberg in der Wetterau andererseits. In den Zimmern Usingers und meiner Mutter standen ungezählt Bücher, jedes einzeln für sich, im Klassensaal gab es überhaupt nur ein Buch, dafür aber dreiunddreißigmal. Ich malte mir aus: Dreiunddreißigmal das Bücherzimmer meiner Mutter bei uns im Mühlweg nebeneinander, von der Hausnummer 1 bis zur Hausnummer 33 in jedem Haus die gleiche Bibliothek, und dreiunddreißigmal fährt die gleiche Mutter aus der Hofeinfahrt und hinauf in die Burg zu Herrn Usinger, der dann nicht nur eine, sondern dreiunddreißig junge Frauen erwartet. Natürlich verursachen die dreiunddreißig Frauen einen Stau, wenn sie alle in die Burg abbiegen wollen. Jetzt fahren sie in Kolonne durch Friedberg und streben wie eine Prozession zum Geist und zur Materie in die Burg. In der Burg kommt es am Georgsbrunnen zu einem Parkplatzgerangel unter den dreiunddreißig Friedbergerinnen, die eine versucht vor der anderen einen der wenigen Parkplätze zu ergattern, denn die Friedberger Burg ist auf einen solchen Ansturm parkplatzmäßig nicht vorbereitet. Zeitgleich steigen dreiunddreißig Frauen in Übergangsmänteln aus ihren Automobilen, während sich über ihnen die Wolken zusammenziehen und es gerade Spätherbst wird. Alle rennen wie auf ein Signal Richtung Usingerhaus, jede will die erste sein, die Schwester Usingers schaut währenddessen aus dem Giebelfenster und ist erschrocken über den Ansturm, der gleich das Haus erreichen wird. Vielleicht artet der Aufmarsch der dreiunddreißig Friedbergerinnen aus dem Mühlweg in einen Tumult aus, und sie hauen sich gegenseitig die Handtaschen auf den Kopf, der vorher noch in der Trockenhaube gesteckt hat, weil sie allesamt des Besuchs bei Herrn Usinger wegen noch extra in die verschiedenen Friedberger und Bad Nauheimer Friseurläden geströmt waren, um ihre Dauerwellen aufzufrischen. Und zu Hause im Mühlweg liegen währenddessen dreiunddreißig Teilhard de Chardins unbenutzt auf den Tischen der einzelnen Bibliothekszimmer die ganze Straße entlang.

Die Vorstellung war so seltsam, daß man die betreffenden dreiunddreißig Friedbergerinnen, obwohl sie augenscheinlich erwachsen waren, auch gleich in einen Klassensaal hätte stecken können, und Fritz Usinger hätte man als Lehrer vor die Klasse setzen müssen. Das wäre genauso seriell gewesen. Aber so konnte ich mir damals weder Fritz Usinger noch meine Mutter vorstellen.

In *Lesen Darstellen Begreifen* wurden wir geduzt. Obwohl wir in der fünften Klasse natürlich von allen Lehrern geduzt wurden, fand ich es dennoch auffällig, daß ein Buch mich duzt, denn in der Bibliothek meiner Mutter duzte mich kein Buch. Dort wurde man überhaupt nicht von irgendeinem Buch angesprochen. Das schriftliche Duzen des Schulbuchs las sich so seltsam, daß ich den Tonfall meiner Großmutter im Ohr hatte, wenn sie in der Küche meinem Onkel einen ihrer fürsorglichen pädagogischen Vorträge hielt. Die Bücher meiner Mutter, wie sie im Regal versammelt waren, warteten auf mich, aber sie wirkten nicht, als würden sie wie in einer Reihe anstehen, um gelesen zu werden, sondern sie warteten ritterlich, frei, wohlgemut. Sie schmissen sich nicht an einen heran. Die Bücher ließen einen in Ruhe. Es war die Entscheidung des Zimmerbenutzers, ob man ein Buch aus dem Regal nahm und aufschlug oder nicht. Die Bücher meiner Mutter hatten etwas Stilles und Edles und erinnerten darin an Artus' Tafelrunde.

Vor allem war *Lesen Darstellen Begreifen* ein Surrogat, weil es gar kein eigenständiges Buch war. Es bestand vielmehr bloß aus einzelnen Texten. Die Texte stammten von ganz woanders, aus anderen Büchern! Das Buch war ein zusammengeschustertes Buch! Und hinter jedem dieser zusammengesammelten Texte befand sich eine Liste mit Aufgaben in Du-Ansprache. Nirgends enthielten die Bücher meiner Mutter irgendeine Aufgabe.

Diese Aufgaben waren dafür gemacht, um sie Menschen wie meinem Onkel zu stellen. Aber was hätte er besser begriffen, wenn er diese Aufgaben gelöst hätte? Diese Aufgaben waren reine Scheinhandlungen, so wie die Handwerkstätigkeiten meines Onkels im Keller in der Uhlandstraße. Man feilte und polierte mit diesen Aufgaben ebenso sinnlos vor sich hin, wie es mein Onkel in seinem Kellerraum mit seinen Werkzeugen tat.

Und an dieses Schulbuch sollten wir uns gewöhnen als an das wahre und richtige Wesen von Unterricht. Es war egal, ob vorn auf dem Lehrerstuhl ein Lehrer saß, man hätte auch gleich das Schulbuch dort hinsetzen können, ein roboterähnliches, zwei Meter großes, sich selbst aufschlagendes, automatisch duzendes Schulbuch.

Es war ein bloßes Lernstoffkonsumverhalten. Wir hätten genausogut auch allesamt dasitzen und wie die US-amerikanischen Senioren Bingo spielen können, tagein, tagaus, das wäre auf dasselbe herausgekommen, nur hätten wir dafür keine Surrogatbücher gebraucht. Aber unser Surrogatbuch behauptete ja schlechterdings, es selbst sei nötig dafür, ja die Voraussetzung, andere Bücher lesen zu können.

Ohne mich wirst du nichts verstehen, raunte das Buch. Glaub nicht den anderen Büchern, glaub zuerst mir! Du brauchst mich! Ich führe dich. Vertraue mir! Das ist nicht deine Welt da draußen! Ohne mich wirst du hilflos sein, immer! So bettelte dieses Buch um Bedeutung in seinem wesenhaften Parasitismus, mit dem es auf unseren Schultischen lag, ohne auf dem Titelblatt genannten Urheber. Noch nie hatte etwas, dem man so wenig vertrauen konnte und das so wenig mit Stille und Durchwehen zu tun hatte (es war vielmehr das genaue Gegenteil davon), mir so aufdringlich und unlauter zugeraunt.

Aufgaben

Fasse zusammen, mit welchen Worten in dem vorliegenden Text die Figuren *Usinger* und *Mutter* charakterisiert werden! Schau dir dafür noch einmal die Seiten x bis y an!

Welche Bedeutung hat der Titel »Der Kreis« im Zusammenhang des Textes? Warum hat der Autor diesen Titel gewählt?

Der Text spielt in einer lang vergangenen Zeit. Was verrät dir der Text darüber, was die Menschen früher benutzten, um das Internet zu ersetzen?

Im Text werden zwei Namen von Buchautoren erwähnt, *Theo Düschadeng* und *Teilhard de Chardin*. Was wird über den Zusammenhang dieser beiden Namen gesagt?

Als ich zwölf Jahre alt war, lag ich jeden Nachmittag auf meinem Bett und hörte Platten. Diese Stunden waren ein neues Versenkungsritual und hatten etwas Purgatorisches. Ich verschwand, wie vormals im Bücherzimmer meiner Mutter, aus dem Tag und der Zeit und wurde zu einer solipsistischen Existenz auf meinem Bett. Manchmal hörte ich mit Kopfhörer, manchmal ohne. Da ich alle Platten immer wieder hörte und dadurch auswendig kannte, war ich völlig aufgehoben. Es war, als ruhte ich in mir selbst. Der Jugendliche in scheinbar völliger Autarkie.

Es war vor allem ein Suchtritual. Der Junkie kommt aus der Schule nach Hause, und schon auf dem Heimweg sind seine Gedanken damit beschäftigt, sich auszumalen, wie er gleich in Seelenfrieden und totaler Nervenberuhigung auf dem Bett liegen wird. Er schmeckt das Köstliche des Moments bereits vorab. Dann liegt er wirklich da im Halbdunkel, in seinen Augen tummeln sich Lichtschemen, und aus den Boxen oder Kopfhörermuscheln träufelt der erwünschte und geforderte Stoff langsam in ihn hinein, breitet sich aus, erfüllt immer mehr alle Glieder, bis die Wirkung in jeder Zelle, die nun völlig von dem Stoff angefüllt ist, spürbar wird. Auf meinem Gesicht muß der Ausdruck eines Opiumrauchers gelegen haben. Leer, unansprechbar, nicht auf dieser Welt, sondern in einer eigenen Region, irgendwo als bloßer Hauch durch den Raum schwebend, ohne die übliche Schwere. Das Wesen, das ich lange Zeit im Bücherzimmer meiner Mutter vermutet hatte und dessen Existenz mir einstmals fast gewiß gewesen war, jenes Wahrheits- und Eigentlichkeitswesen, schien jetzt jeden Tag zu mir zu kommen, wenn auch in anderer Gestalt als noch vor zwei, drei Jahren in der Bibliothek: nämlich als Rock- und Popmusik. Es erschien immer dann, wenn ich mich an diese Musik anschloß und den Apparat andrehte, der mich mit ihr versorgte. Tatsächlich war es genau das: Ich schloß mich an eine Apparatur an, die mich speiste wie einen Kranken im Krankenhaus, oder wie unser Haus alle paar Monate an den Tanklastzug angeschlossen werden mußte, damit es mit dem Stoff versorgt wurde, der es am Leben und in Funktionstüchtigkeit erhielt.

Meine Eltern hörten nicht so viele Platten.

Der Plattenspieler im Wohnzimmer unten blieb meistens unbenutzt, und ihre Plattensammlung war überschaubar. Mein Vater hörte manchmal italienische Opernarien und schmetterte mit, daneben gab es eine Platte mit Gebirgschören (*La Montanara*) und andere mit Studentenliedern. (Auch eine Plattenbox *Das dritte Reich in Originalaufnahmen* war vorhanden.) Meine Mutter hatte ein paar alte, schwere Platten mit in die Ehe gebracht, teilweise Halbformat. Nicht viele, vielleicht zehn oder fünfzehn. Alte Namen. Gieseking. Oistrach. Während meiner Kindheit fiel aus dem Mund meiner Mutter immer wieder der Begriff *Die Chaconne von Oistrach*. Das war das Größte, was es gab, das Abgründigste, das Bewundernswerte, der Gipfel der europäischen Kunst: *Die Chaconne von Oistrach*. Fast ein Ismus- oder Logiebegriff, so mächtig war das Wort *Die Chaconne von Oistrach* von ihr besetzt.

Ich blätterte diese Platten bisweilen durch, sie sagten mir überhaupt nichts, sie schienen anstrengend zu sein, kompliziert, ermüdend. Wenn ich jene sagenumwobene Bachsche *Chaconne von Oistrach* auflegte, hörte ich nur Gekratze. Ich konnte nicht einmal Töne erkennen.

Platten neueren Datums aus dem Reservoir meiner Mutter waren etwa die von Ivan Rebroff. Als ich kleiner war, hatte sie immer wieder, wenn sie abends allein war, das heißt, wenn mein Vater nicht da war, Ivan Rebroff aufgelegt. Die Platten waren etwas jünger als ich. Damals hatte ich sie oft gehört.

Mein Rußland, du bist schön.

Wenn Schwäne über die Taiga ziehen.

Astrachan liegt am Ende von der Wolga.

Jetzt hörte ich sie nicht mehr.

Im Fernsehen wurde als Musiksendung der *Blaue Bock* geschaut, dann saßen mein Vater und mein Onkel im Wohnzimmer. Mein Onkel hatte zu der kleinen Plattensammlung im Wohnzimmer ebenfalls beigetragen, und zwar mit zwei Heino-Platten, die er, glaube ich, meinem Vater geschenkt hatte. Die Heino-Platten waren nach Meinung aller Familienmitglieder das größte Gift im Plattenschrank. Wenn mein Onkel sie auflegte, war er bald allein im Raum. Ich holte die Heino-Platten manchmal hervor und schaute sie mit einem gewissen Schrecken an, denn sie rochen tatsächlich nach meinem Onkel. Selbst mein Vater fühlte sich bei Heino mulmig.

Musik unterschied sich in *wahr* und *falsch*.

Mit der Musik in unserem Wohnzimmer hatte ich nichts zu tun.

Die wahre Musik fand statt, wenn ich mit dem fünf Jahre älteren Freundeskreis meines Bruders verkehrte, was ich inzwischen häufig tat. Die Woche hatte ihre Rituale bekommen, ich hörte Radiosendungen und nahm Lieder auf, ich fuhr zu den besagten Freunden und lieh mir Platten aus, um sie zu Hause aufzunehmen, ich kaufte mir selbst Platten im Radiofachgeschäft Breitenfelder, ich besprach mit meinem Bruder, wer welche Platten kaufte, damit wir nichts doppelt kauften, etc.

Der jüngere Bruder eines der Freunde aus diesem Kreis spielte Schlagzeug. Er beeindruckte mich über alle Maßen und nahm mich einmal ins Skiclubheim auf der Friedberger Seewiese mit, dort stand sein Schlagzeug. Es war ein magischer Moment. Jener Bruder, er war drei Jahre älter als ich und wurde Credo genannt (alle hatten damals Spitznamen), schloß das einsam daliegende Heim mit seinem eigenen Schlüssel auf, drinnen war es dunkel, aber von einem hinteren Fenster fiel Licht auf das in der Ecke aufgestellte Schlagzeug. Ich sah die Becken, Trommeln und Gestänge mit Faszination (ich wußte vom Aufbau eines

Schlagzeugs gar nichts), und als ich Credo spielen sah (er spielte nicht besonders gut, hatte aber ebendieses Schlagzeug), wußte ich, daß ich auch Schlagzeug spielen wollte. Es sollte kurz darauf mein erstes Instrument werden. Ich durfte mich bei diesem Besuch sogar an das Schlagzeug setzen, und Credo zeigte mir einen Grundtakt. Ich hatte von dem Instrument wie gesagt keine Ahnung. Snare, Tom, Hi-Hat, völlig unbekannte Begriffe. Aber ich bildete mir ein, es stünde da wie ein geheiligter Gegenstand. Ich glaubte bislang keinen Gegenstand gesehen zu haben, von dem so eine Aura ausging wie von Credos Schlagzeug im Skiclubheim auf der Friedberger Seewiese im Jahr 1980. Das Klavier zu Hause war zu dieser Zeit aus meinem Bewußtsein entschwunden.

Eines Tages besuchte ich mit ein paar Freunden meines Bruders (Steff, Kalbi, Tätschke) mein erstes großes Konzert. Es fand in Frankfurt statt. Steff fuhr. Es war ein nicht sehr kühler Februarabend, ich war dreizehn.

In Steffs Auto sprachen sie über Musik, über Bands, über frühere Konzerte. Vor zwei Jahren, als Grundschüler, hatte ich im Zimmer meiner Mutter noch alles über alte Sagen gelesen. Damals konnte ich die Taten des Herakles auswendig. Ich wußte, wer Hagen von Tronje war, und wer Dietrich von Bern war, wußte ich auch. Das war am Ausgang meiner Asterix-Zeit gewesen. Jetzt interessierten mich vor allem Bandgeschichten. Die Geschichten über Musikbands, die sie sich im Auto nach Frankfurt erzählten, waren alle in einen Schimmer des »Damals, wißt ihr noch?« und des »Einstmals« getaucht. Sie sprachen von Bands, die nicht mehr existierten oder jetzt in anderer Besetzung musizierten. Es gab berühmte Bands, bei denen z.B. einstmals der Sänger ausgeschieden war, und nun existierte die ehemalige, jetzt aber veränderte, nicht mehr mit sich identische Band, und es gab den Sänger, der seine eigene Karriere hatte und eigene Platten machte. Für mich waren das mythische Trennungen, die von dem, was in den antiken und mittelalterlichen Heldensagen schicksalhaft geschah, nicht zu unterscheiden waren. Mythisch deshalb, weil alles in der Vergangenheit spielte und deshalb schon in unveränderlicher, abgeschlossener Form auf mich zukam. Nur in früheren Zeiten hätte ich diese Band noch mit dem Sänger oder jene Band mit jenem Gitarristen sehen können, für mich war das in eine Zeit abgerückt, in der alles im Vergleich zur Gegenwart vergrößert und überhöht erschien. Selbst wenn der betreffende Sänger die Band erst fünf, sechs Jahre zuvor verlassen hatte, schien mir das so lang zurückzuliegen wie die Mondlandung, die Jugend meiner Eltern, der Nationalsozialismus oder die napoleonischen Kriege. Generell schien mir damals alle »Vergangenheit« ähnlich weit zurückzuliegen. Die Abspaltungen und Neugründungen hätten auch zur Dietrich-von-Bern-Zeit stattgefunden haben können. Platten von Anfang der siebziger Jahre entstammten geradezu einem anderen Universum. Steff, Kalbi und Tätschke waren die beneidenswerten überlebenden Boten aus dieser fantastisch fernen Vergangenheit. Sie hatten alles Große erlebt, die Vorzeiten, Led Zeppelin, die alten Santanaplatten, Black Sabbath, *Foxtrott*. Deshalb kamen mir Steff, Kalbi und Tätschke mit ihren achtzehn, neunzehn Jahren selbst uralt und wie mythische, aus der Antike stammende Gigantenwesen vor. Wenn sie erzählten, spürte ich Sehnsucht nach den vergangenen Gegenständen ihrer Erzählungen, zugleich wehte mich aber ein eisiger Lufthauch an, wenn sich das leere Loch der Vergangenheit vor mir auftat und ich hinabschaute, auch wenn das Loch ja nicht weiter als ein paar Jahre klaffte und die meisten der inzwischen wieder vergangenen Bands oder Mitgliederkonstellationen es bislang noch nicht einmal in unser *Lingen Lexikon* hineingeschafft hatten, genausowenig wie die Kanzlerschaft Schmidts.

Auch die Band, zu der wir fuhren, stammte aus fernen alten Zeiten. Sie hatte sich aus ihrer Dinosaurierzeit in die Gegenwart hineingerettet, und ihre Mitglieder standen nun erratisch in ihr herum als Zeugnisse vergangener Epochen. Sie galten als Haudegen, waren kampferprobt, verwüsteten in altmodischer Ehrwürdigkeit ihre

Hotelzimmer, führten ein wildes Leben, waren ständig betrunken, hatten von jeher einen üblen Ruf und so weiter. In diesem Kolorit wurden die Geschichten im Auto nach Frankfurt erzählt. Heldengeschichten. Und ich stellte mir das Leben dieser Bandmitglieder vor, wie ich mir früher Siegfried oder Parzival vorgestellt hatte, auf den verschiedenen Kontinenten bei den verschiedensten Konzerten, wie sie im Bus ankamen, in der Stadt von einer Aura umstrahlt als Heilige auftraten, ihr Hotelzimmer bezogen, verwüsteten, dann sicher irgendwo ein paar Drinks in sich hineinschütteten und sehr viel dazu rauchten, wie sie dann auf die Bühne gingen als Helden ihres Publikums, anschließend noch einmal das Hotelzimmer verwüsteten und am nächsten Tag aus der Stadt auszogen wie mittelalterliche Rittergestalten, die eine Burg erobert hatten und nun auf Aventiure weiterfuhren. Während sie in der Stadt waren, wußte jeder, daß sie in der Stadt waren. *Led Zeppelin sind in der Stadt! Black Sabbath sind in der Stadt! Motörhead sind in der Stadt!* Es hätte auch der Gral selbst erscheinen können, so verklärt erschien dann die Stadt. Übrigens herrschte in den im Auto erzählten Geschichten trotz aller Heiligmäßigkeit eine geradezu private

Vertrautheit, als seien alle persönlich mit den betreffenden Mitgliedern bekannt. Wir nannten sie beim Vornamen bzw., falls vorhanden, bei ihren Spitznamen (Ozzy, Lemmy). Unsere Informationen entstammten allerdings ausschließlich irgendwelchen Musikzeitschriften oder Fernsehinterviews oder wiederum den Anekdoten anderer, noch älterer Konzertbesucher, die Steff, Kalbi oder Tätschke mitbekommen hatten. Im Auto redete ich, obgleich ich der Jüngste war, im selben Tonfall mit, wobei ich mich bemühte, auch die eine oder andere Geschichte einfließen zu lassen, die ich über den oder den gehört hatte.

Steffs Auto besaß noch keinen Kassettenrecorder, wir hörten also Radio. Kalbi, der auf dem Beifahrersitz saß, bediente das Radio und war die Hinfahrt über permanent damit beschäftigt, »hörbare« (wahre, richtige) Lieder zu finden. »Unhörbare« Lieder (meistens die in der Hitparade aktuellen) wurden mit einem »O Gott« oder »O Mann« kommentiert und sofort übersprungen. Manchmal war ein Lied nur für eine Sekunde zu hören, da schrien bereits alle im Auto, als würde man sie mit Folterinstrumenten quälen. Denn wie es dazugehörte, die eigenen favorisierten Bands oder Musikrichtungen zu verehren, so wurden die anderen Bands oder Musikrichtungen gehaßt und verabscheut. Es gab allerdings auch eine Mittel-Lage, Musik, der man indifferent gegenüberstand und die man ertragen konnte, wenn im Radio gerade kein anderes Lied zu finden war. Einmal etwa erschien Marius Müller-Westernhagen im Äther, und alle im Auto machten ein tonloses, wenig überzeugtes, dennoch nicht völlig ablehnendes »Hm«, was bedeutete, daß man darin übereinkam, in Ermangelung besserer Musik dieses Lied bis zum Ende zu hören.

In Frankfurt fuhren wir vor der Halle, in der das Konzert stattfinden sollte, auf einen riesigen Parkplatz, auf dem sich bereits eine Schlange gebildet hatte. Wir fanden einen freien Platz und stiegen aus. Neben uns parkte zeitgleich ein Wagen, aus dem Menschen ausstiegen, die über und über mit Insignien der Band versehen waren. Es handelte sich um zwei Männer und eine Frau. Sie kamen mir sehr alt vor, waren aber vermutlich höchstens um die fünfundzwanzig. Die Männer trugen Jeanswesten mit Aufnähern, die den Bandnamen und verschiedene Tourneeorte zeigten, Stirnbänder und waren völlig anders angezogen, als man normalerweise auf der Straße herumgelaufen wäre. Sie waren wie in ein

Kostüm oder eine Uniform gekleidet, in der sie wie konzertgemäße Haudegen aussahen. (Steff, Kalbi und Tätschke trugen ganz normale Jacken und Sweatshirts.) Die Frau trug eine langärmelige Jeansjacke mit Bandlogo und ebenfalls ein Haarband mit Schriftzug. Ihre Jeans war hauteng, völlig ausgewaschen und befand sich an manchen Stellen im Zustand endgültigen Zerfalls. Ich stellte mir vor, daß sie bestimmt schon auf einem guten Dutzend Konzerte dieser Band gewesen waren und wie durch einen inneren Verbund ganz und gar in die ehrfurchtgebietende Sphäre der Band gehörten, kraft langerprobter Anhängerschaft.

Die Rollenverteilung war bei den dreien, die aus dem Nachbarwagen ausgestiegen waren, nicht leicht zu erkennen. Gefahren war einer der beiden Männer, auf dem Beifahrersitz hatte der zweite Mann gesessen, die Frau im Fond. Ich betrachtete die Frau aufmerksam. Ich beneidete sie um ihre Reife, ihr Alter und ihre Erfahrung, die sie in vielen Dingen haben mußte, und ich wäre gern so alt wie sie gewesen, um Anteil an einem solchen Leben wie dem, das sie führte, haben zu können. Ich stellte mir unter dem Leben der drei Unbekannten aus dem anderen Wagen allein aufgrund der Tatsache, daß sie hier selbständig zu dem Konzert erschienen (und nicht wie ich bloß mitgenommen wurden), etwas unerreichbar Hohes vor.

Als die drei vom Auto weggingen, lief die Frau hinter den beiden Männern her, keiner von ihnen sprach ein Wort, sie wirkten seltsamerweise schlecht gelaunt, vielleicht aber auch nur angespannt und konzentriert. Ich musterte die Silhouette der Frau und ihre Bewegungen in der zerfallenen Jeans, die an ihren Körper angegossen schien, und wieder fühlte ich den Schmerz, daß das alles für mich unerreichbar war, weil es sich um eine höhere Existenzstufe handelte. Ich begann sie immer mehr zu beneiden und meinte, ihr und den anderen Konzertteilnehmern müßte eine bestimmte Form von Wahrheit innewohnen. Eine für mich unerreichbare, spannende, abenteuerliche Wahrheit, die sich irgendwie auch in der Musik zeigen mußte, derentwegen sich hier alle einfanden.

Die Atmosphäre auf dem Parkplatz war von zwei Stimmungen geprägt: Ein Teil der Leute war ausgelassen, geradezu enthusiastisch, der andere Teil war merklich gespannt, wie vor einem Spiel der eigenen Fußballmannschaft. Der Himmel über uns war inzwischen gänzlich dunkel (auf der Fahrt nach Frankfurt war er noch gefärbt gewesen), wir strebten zum Eingang, wo die Menschenmenge sich verdichtet hatte. Es ging zu wie auf einem Markt. Die meisten waren schwarz gekleidet, in der Hagen-von-Tronje-Farbe, man sah viel Leder, und wenn Jeansjacken getragen wurden, waren sie oft schwarz eingefärbt. Überall prangte das Logo und das Maskottchen der Band, eine Armee wäre zwar einheitlicher, aber kaum reicher an Insignien uniformiert gewesen als dieses Konzertpublikum. Es war wie in einem Taubenschlag, eine solche Ansammlung von Musikfans hatte ich noch nicht erlebt. Zu den Konzerten in unserem Friedberger Juz kamen fünfzig oder hundert Leute. Hier waren Tausende.

Überall standen sie mit Bierbechern, Zigaretten und erzählten. Ich schnappte jeden Gesprächsschnipsel begierig auf. Einer hatte den Sänger der Band schon 1969 gesehen. Das war ein unvorstellbarer Zeitraum. Damals hatten die Beatles noch existiert! Die Beatles waren die mythische Urzeit schlechthin. Zu vergleichen mit uralten Erdzeitaltern. Der betreffende Konzertgänger aber erzählte wirklich, wie er den Sänger mit seiner vorvormaligen Band 1969 in Brighton gesehen haben wollte. Für mich war ein zeitlicher Abstand von elf Jahren so riesig, als sei damals die Welt gar nicht unsere, sondern eine ganz andere gewesen. Eine, die nur durch unvorstellbare, gar nicht mehr rekonstruierbare Vermittlungsstufen unsere eigene hatte werden können. Die Beatles, Brighton 1969, das war irgendein voriges, ganz anderes Erdzeitalter gewesen. Vermutlich das Goldene.

Fast alle vor dem Eingang redeten über vergangene Erlebnisse. Auch für sie schien die Vergangenheit größer, ehrwürdiger und insgesamt wichtiger zu sein als die Gegenwart, also das aktuelle Konzert hier und jetzt in Frankfurt am Main im Februar 1980. Mir wurde immer schmerzhafter bewußt, daß ich dieses Konzert niemals in der rechten Weise würde genießen oder wertschätzen können, weil ich die Vergangenheit dieser Band, die mythischen Urjahre, nicht – wie alle anderen – miterlebt hatte. Ich war ein Zuspätgekommener, ich hatte das Wesentliche versäumt. So stand ich mit meinen wenigen Jahren dort herum und spürte, daß meinem Wesen Elementares mangelte: Vergangenheit. Ich trug ja nicht einmal eine Band-Insignie. Dennoch versuchte ich mir meinen Mangel nicht anmerken zu lassen.

Meine Stimmung war nun eine Mischung aus Frustration, denn ich gehörte offensichtlich zu alldem hier nicht wirklich dazu, weil die Verbindung von mir zu der Band nicht aus der (bei mir gar nicht vorhandenen) Vergangenheit her legitimiert war, und zum anderen aus einer stetig wachsenden Erwartung, denn vielleicht würde mein Konzertbesuch ja doch so etwas wie eine Initiation bedeuten, eine erste Legitimierung (anschließend würde ich davon erzählen können, wie das Konzert gewesen ist, ich würde damit einen ersten Vergangenheitsgrundstock legen können).

Die Versammlung vor dem Eingang unterschied sich von einer bloß zufälligen Zusammenballung von Menschen dadurch, daß sie alle etwas miteinander verband: die Band. Auch wenn sie sich untereinander nicht kannten, so lag doch spürbar etwas Gemeinschaftsstiftendes über allen, ähnlich wie bei den Menschenansammlungen, die sich in meiner Kindheit nach dem Sonntagsgottesdienst vor unserer Kirche zusammengefunden hatten. Der Unterschied zu unserer sonntäglichen Kirchengemeinde bestand darin, daß sich die Menschen hier vor der Halle nicht kannten, nichts übereinander wußten und sich folglich so ohne allen Argwohn begegneten, wie ich es sonst gar nicht von Erwachsenen kannte. Jeder Wortwechsel dieser teils beängstigend aussehenden, schwarz gekleideten (aber auffälligerweise fast immer frisch gewaschen und nach Seife riechenden) Leute war von einer fast paradiesischen Freundlichkeit und Zutraulichkeit geprägt, als teilten alle etwas Gemeinsames und als sei man infolgedessen wie Geschwister im Geiste oder gemeinsames Mitglied einer ehrenvollen Tafelgesellschaft, etwa der besagten Artus-Tafelrunde. Über der ganzen Gesellschaft lag ein Funke der Beseelung, gemischt mit jener eigentümlichen, sportveranstaltungsmäßigen Anspannung, die auch in mir immer mehr wuchs.

Ich bemühte mich, meinen optischen Mangel an bandgemäßer Kennzeichnung wettzumachen, indem ich besonders bereitwillig und offensiv mit den mir völlig fremden Menschen sprach und begierig ihren Geschichten zuhörte, wobei ich in einigen zehn Meter Entfernung kurz die Frau mit dem Haarband wiedersah, die etwas abseits allein für sich stand und suchend um sich blickte. Kaum hatte ich sie bemerkt (es kam mir vor, als hätte sie in unsere Richtung geblickt), schob sich ein Pulk der Schwarzgekleideten zwischen uns.

Auch am Bierstand herrschte Gedränge. Ich

reihte mich ein, betrachtete die Bandfans und versuchte, Steff, Kalbi und Tätschke nicht aus den Augen zu verlieren. Die Frau mit dem Haarband war zwar verschwunden, dafür sah ich aber andere Frauen, die in gewisser Weise typenähnlich mit ihr waren. Einige waren deutlich älter, trugen aber das gleiche Haarband. Sie hatten auch lange Haare, aber diese fielen auf eine andere, meistens etwas schütterere Weise. Einige Frauen sahen aus, als seien sie in ihrer Form überaltert, also so, daß die Art, wie sie sich anzogen, ihre Haare trugen und sich bewegten, früher zu ihrer Person gepaßt und vermutlich ihr Wesen ausgemacht hatte, nun aber nicht mehr ganz stimmig war, sondern wie ein abgetragenes Kleidungsstück die betreffende Person umgab. Im Grunde sah ich ein und dieselbe Frau dutzendfach vor mir, aber in den verschiedensten Altersstufen reproduziert, eine vor mir in der Schlange hätte meine Großmutter sein können, trug aber das betreffende Haarband in ihrem weißgrauen Haar und hatte früher vielleicht einmal so ausgesehen wie die Haarbandfrau in Jeansjacke. Sie schien mir wie alle anderen Anteil an dieser höheren Wahrheit oder Eigentlichkeit zu haben, die sich auf eine für mich nicht näher sagbare Weise irgendwie auf das bevorstehende Konzertgeschehen, die Band und überhaupt die ganze Musik, die sie hörten, bezog und von der ich mich auf so schmerzhafte Weise ausgeschlossen fühlte.

Die alte Frau drehte sich zu mir um und lächelte mich an, was mich etwas stutzig machte. Ich wandte mich ab. Als ich an der Reihe war, wurde ich fraglos bedient, denn ich ging vom Alterseindruck her einfach mit durch. Daran hatte ich mich seit ein paar Monaten gewöhnt: Man machte sich keine Gedanken mehr darüber, wie alt ich sei, man verkaufte mir überall einfach so Bier und Zigaretten. Ich fühlte mich in dem Moment selbst, als sei ich um einiges älter, und bewegte mich automatisch so wie alle anderen um mich herum. Als ich zum Schluck ansetzte, war die alte Frau wieder neben mir und lächelte mich erneut an. Ich ging vorsichtshalber zu Steff, Kalbi und Tätschke zurück, die inzwischen Steffs Bruder Credo und zwei andere Bekannte getroffen hatten.

Credo fachsimpelte gerade mit einem der Bekannten über das Instrument des Schlagzeugers der Band, die gleich auftreten würde (drinnen im Saal hatte unterdessen eine Vorgruppe zu spielen begonnen, die aber niemand hören wollte, man blieb einfach draußen stehen, trank weiter sein Bier und steigerte die Intensität der Gespräche um eine weitere Stufe, weil man jetzt etwas lauter reden mußte). Es trat noch eine andere Person zu unserer Gruppe, mit der es etwas ganz Besonderes auf sich hatte: Sie kannte einen Bühnenarbeiter der Band und war mit diesem eben *backstage* gewesen. Ein Licht strahlte von dieser Person auf uns und erhellte die Gruppe. Fragen wurden gestellt, also wie groß die Räume und wie weit weg von der Bühne etc. Es stellte sich heraus, daß die betreffende Person zwar nicht in die Nähe der Bandmitglieder gekommen war bzw. überhaupt keinen von ihnen gesehen hatte. Aber sie war – vermutlich – nahe an den Instrumenten vorbeigelaufen, an den PAs oder vielleicht auch an dem Raum, in dem sich die Bandmitglieder aufgehalten hätten, wären sie schon dagewesen. Also quasi wie einer, der zum innersten Zirkel dazugehört und ganz selbstverständlichen Umgang innerhalb dieses geschützten, von allem Profanen bereinigten Gebiets hat kraft seiner Freundschaft mit dem Roadie. Ich selbst stand als Jüngster am Rand der Gruppe und fühlte mich mächtig nach oben gezogen, wie von einem Windstoß in die Lüfte gewirbelt dadurch, daß hier jemand war, der eben noch im inneren Bereich gewesen war, mit uns sprach und auch mich dabei manchmal anblickte, direkt in meine Augen. Übrigens kaute er Kaugummi. Steffs Bruder kaute auch Kaugummi. Mir kam es vor, als würden im Verlauf des Gesprächs alle plötzlich möglichst beiläufig Kaugummi zu kauen beginnen, auch ich bekam Lust auf einen Kaugummi, das hätte die heilige Erregung sicherlich abgemildert und nicht so auffällig erscheinen lassen. Aber ich hatte keinen Kaugummi.

Steffs Bruder und die anderen verließen unsere Gruppe nach einer Weile und schlenderten als eigene Zusammenballung weiter. Wir pendelten nun eine Weile zwischen Saalinnenraum und Foyer hin und her, das Bier in der Hand. Natürlich war die Vorgruppe schlecht und uninteressant (ich konnte das zwar nicht beurteilen, aber es schien sich so zu gehören), und im Foyer wurde sich dementsprechend darüber ausgelassen. Die Spannung stieg immer weiter, und mir wurde das Warten nun lang, denn es war schon nach einundzwanzig Uhr, und ich hätte nicht gedacht, daß das Konzert unserer Band so spät anfangen würde. Dann aber ging drinnen das Licht wieder an, der Umbau für den Hauptakt begann, und die Menge setzte sich in einem langsamen, zähen Strom in Bewegung und ergoß sich in den Saal, ich irgendwo als einzelnes Atom mittendrin unter all den konzerterprobten Kämpen in ihren Ausrüstungen.

Da ich gewachsen war, konnte ich einigermaßen auf die Bühne und die vor mir stehenden Leute sehen. Vor mir befand sich ein großer, breitschultriger, wuchtiger Mann mit langen, offensichtlich frisch gewaschenen, gefönten und deshalb kräftig abstehenden Haaren, aber ich konnte mich mit der Zeit einige Zentimeter um ihn herumarbeiten, so daß ich bessere Sicht erlangte. Allerdings war noch niemand auf der Bühne außer den Roadies, und das Licht war noch an. Trotzdem waren schon alle mit Positionskampf und Revierabsteckung beschäftigt, wie vor einem ritterlichen Buhurt. Ich betrachtete die Mädchen und Frauen um mich herum, die sich meistenteils an irgendwelche Männer lehnten und im Vergleich zu den sie umgebenden Zuschauern so klein waren, daß sie eigentlich gar nichts sehen konnten. Sie schauten direkt auf die Rücken und Lederjacken der Leute vor ihnen und auf die dort befindlichen Schriftzüge der Band. Ich ging in die Knie und imitierte die Körpergröße der Frauen. Da unten tauchte man in eine ganz andere, völlig umstellte Welt ein, eine Welt aus Körperwand. Das wäre vor einem Jahr auch noch meine Welt gewesen. Ich mit meinen 1 Meter 83 dagegen war jetzt in einer luftigeren Welt, nur noch umgeben von Köpfen, aber nicht von dieser Wand aus Körpern, die da unten vor den Frauen stand. Mir fiel die Frau mit dem Haarband ein, und ich fragte mich, wie groß sie wohl sein mochte. Ob sie hineinragen würde in meine Region oder ob sie auch irgendwo dort unten bleiben mußte?

Das Licht ging aus. Moment allergrößter Anspannung. Noch war keiner zu sehen, aber ein undefinierbares, maschinenartiges Geräusch war zu hören, das stetig anwuchs. Dampf. Nebel. Dumpfes, grünrotdunkles Licht und einige wie außer Kontrolle geratene Scheinwerfer, die kreisförmig wirr in den Saal hineinleuchteten und mich an Flaklichter erinnerten. Während alles immer lauter, nebeliger und grünrotdunkler wurde, kamen vorn in der Dunkelheit Menschen auf die Bühne. Die Band. Man hing sich, nur als schwarzer Schemen sichtbar, die Instrumente um oder setzte sich ans Schlagzeug. Währenddessen toste und johlte die Menge um mich herum, und allein von dem schrillen Pfeifen des breitschultrigen, gefönten Mannes, der inzwischen halbschräg vor mir stand und sich leider auch noch genau im Moment seines Pfeifens in meine Richtung wendete, klingelte es in meinen Ohren.

Mit einer Lärmexplosion und einem gigantischen Aufflammen der Scheinwerfer begann das Konzert. Der erste Moment war bereits so laut, daß ich eigentlich erwartet hätte, alle im Saal würden entweder ohnmächtig umfallen oder zumindest taumeln. Zeitgleich zu dem gewaltigen Knall setzte sich die Menge der Körper um mich herum in völlig unkontrollierte, chaotische Bewegung. Innerhalb des Explosionsmoments wurde ich durch den Anprall anderer Körper mindestens zwei, drei Meter von meiner ursprünglichen Stelle gerissen.

Eine erste Orientierung versuchte ich mir zu verschaffen, indem ich nach Steff, Kalbi und Tätschke Ausschau hielt. Ich wußte nicht, wohin das Gewoge nach der Explosion sie getragen hatte. Allerdings fiel mir wieder ein, daß wir gar nicht zusammengestanden hatten, sondern ich mich schon vor Beginn des Konzerts einige Meter von ihnen wegbewegt hatte. Der Bierbecher in meiner Hand: nicht mehr vorhanden. Um mich zerfloß jede Bewegung in Licht und pulsierendes

Gehämmer, als spritze man gleißenden, flüssigen Stahl aus irgendwelchen Maschinen auf uns, wobei die Ohren zu platzen schienen.

Einen optischen Anhaltspunkt gab der breitschultrige Mann mit den Haaren, den ich in einiger Entfernung wiedererkannte. Ich versuchte ihn im Blick zu behalten, während ich zunächst weiterhin nach dort und dort geschoben wurde. Er hatte die Hände gereckt und schrie aus Leibeskräften, wobei er mit seinen Fäusten in der Luft herumhämmerte, als wolle er jemanden erledigen. Während er schrie und hämmerte – und bemerkenswert sicher auf seiner Position blieb –, blickte er unverwandt zur Bühne, als ginge es in irgendeiner Form um sein Leben dort vorn. Wie oft er diese Band wohl schon gesehen hatte? Wie eng sein Dasein mit ihr und ihrer Musik verknüpft war?

Andere nahmen das Geschehen lockerer und hüpften auf und ab, immer auf der Stelle, ununterbrochen vor sich hin federnd, was an Seilhüpfen erinnerte, nur daß ihnen die Seile fehlten. Ein nicht geringer weiterer Teil der Zuschauer stand allerdings (das fand ich am bemerkenswertesten) einfach mit verschränkten Armen herum und betrachtete das Geschehen reglos, aufmerksam und mit einer gewissen Gewichtigkeit, als seien sie honorable Senatsmitglieder, die einer Regierungserklärung beiwohnten. Das war bei diesem Höllenlärm von allen Verhaltensweisen sicherlich die seltsamste, denn unter anderen Umständen hätten alle hier Versammelten bei diesem Lärm und diesen Blitzen sofort panisch die Flucht ergriffen. Allerdings war es nach dem Abebben der ersten Bewegungswelle auch genau die Haltung, die ich einnahm. Ich verschränkte die Arme vor meiner Brust, blieb auf meinem neuen Platz und musterte aufmerksam wie die anderen das Geschehen.

Ich befand mich etwa fünfzehn oder zwanzig Meter von der Bühne entfernt. Die Bühne war so weit erhöht, daß ich die Oberkörper der beteiligten Musiker sehen konnte, manchmal sogar die Beine, je nach Bewegungslage um mich herum. Die Lichtanlage bestand aus unzähligen, kleinen, mitunter drehbaren Scheinwerfern, die eine gewaltige Show ablieferten, aber vom Grundprinzip nicht viel anders aufgebaut waren als in unserem Jugendzentrum, nur daß die Lichtanlage dort nicht beweglich war. Überhaupt war das, was auf der Bühne vonstatten ging, zwar wesentlich lauter und schneller, aber insgesamt doch vergleichbar mit dem, wie unsere kleineren Konzerte in Friedberg bühnentechnisch abliefen.

Hinten auf der Bühne saß der Schlagzeuger. Es war meist sehr infernalisch um ihn herum infolge der spektakulären Beleuchtung, wieder in dem besagten Grünrotdunkel, bisweilen durchzuckt von grellen, weißen Blitzen. Ich sah ihn trommeln, aber eigentümlicherweise hörte ich ihn nicht. Er arbeitete viel und schnell und hatte kein Hemd an. In den ersten Minuten konnte ich seine Bewegungen nicht mit dem breiartigen akustischen Geschehen zusammenbringen, das uns umgab. Im Juz hatte ich jeden Schlagzeuger besser gehört, weil insgesamt alles viel besser zu verstehen war. Hier war ich nicht einmal in der Lage, die einzelnen Stücke der Band zu unterscheiden.

Die anderen Musiker hatten in einiger Entfernung zum Schlagzeuger Richtung Bühnenrand Aufstellung genommen. Sie taten nicht viel. Sie standen herum inmitten dieses Walls aus Lärm und erzeugten ihn. Der Gitarrist machte hin und wieder ein paar Schritte, der ebenfalls mit einem Instrument behängte Sänger machte gar nichts. Er schien zwar in sein Mikrofon zu singen, besser gesagt zu schreien (am ehesten klang es wie ein Grunzen, das sich durch den allgemeinen Lärmbrei wühlte, ohne sich besonders von ihm zu unterscheiden), aber dabei bewegte er sich nicht. Er stand da wie eine Statue seiner selbst. Ihn umfackelte die Lichtanlage am meisten.

Der Hauptunterschied zu einem Juz-Konzert lag in den Dimensionen: Hier war alles lauter, größer, greller und mit mehr Speed, allerdings hörte man auch gar nichts außer eben dem allgemeinen Lärm, der so groß war, wie ich es nicht nur in meinem ganzen Leben nicht gekannt hatte, sondern wie ich mir Lärm bislang auch nicht hatte vorstellen können.

Jetzt sah ich Steff, Kalbi und Tätschke. Sie standen in der üblichen Einträchtigkeit nebeneinander, genossen alles prächtig und gehörten wie ich zu der Anzahl jener, die reglos blieben und die Arme verschränkten. Manchmal schien einer von ihnen eine Geste mit der Hand zu machen und seinen Kopf einem anderen der dreien zuzuneigen, um ihm etwas zu verstehen zu geben. Aber das hielt ich für unmöglich. Hätte mir irgendwer so laut ins Ohr geschrien, wie er nur konnte, hätte ich sicherlich genau dasselbe gehört wie vorher: den allgemeinen Lärmbrei, aber keine Stimme.

Der langhaarige Mann hatte sich etwas beruhigt und jetzt ebenfalls die Arme verschränkt. Nur manchmal faustete er noch in die Luft, meistens beim Beginn eines Stückes (ich konnte die Stücke mit der Zeit besser erkennen, auch wenn sie sich unter diesen Bedingungen fast nicht voneinander unterschieden). Die Mädchen und Frauen um mich herum hatten das anfängliche Wogen überstanden und sich nun gemeinsam mit den kleineren Männern im Saal in ihr niederrangiges Schicksal ergeben, nichts von der Bühne zu sehen. Während der starken Bewegung am Anfang wäre ich an ihrer Stelle vielleicht in Panik geraten. Nun wirkten sie in sich versunken, da sie aufgegeben hatten, irgend etwas sehen zu wollen, und gaben sich dem sie durchdringenden Lärm hin, nur von leichten Körperwellen durchzuckt. Jene Frauen dagegen, die größer waren, oder solche, die von Männern kurzzeitig auf die Schultern gehoben wurden, hämmerten und fausteten und schrien wie ein Teil der Oberen.

Mit der Zeit gewöhnte ich mich besser an die akustischen Bedingungen. Die Musik kam in Form einer Rudimentierung ihrer selbst auf uns, die Zuhörer. Alle Finessen, die auf den Platten der Band zu hören waren, waren hier verschwunden, eigentlich waren auch die Instrumente verschwunden oder zumindest nicht unterscheidbar, das jeweilige Stück klang wie die von allem Konkreten enthobene idealisierte Grundform seiner selbst. Dadurch stellte sich eine gewisse Gleichförmigkeit ein, die mir aber keine Probleme bereitete, da das Spektakel und die Lautstärke allein schon genügend Stoff boten, um meine Sinne nahezu komplett lahmzulegen.

Dann war der erste Teil des Konzerts auch schon vorüber, und plötzlich waren alle von dem Lärm allein gelassen und wieder auf sich selbst gestellt. Die Bewegungen im Saal stoppten, teils abrupt, teils ebbten sie langsam ab, wie bei Maschinen, die noch auslaufen müssen, um ihren Takt ganz auf null zu bringen.

Durch die Menge ging eine sichtbare Verwandlung. Jetzt, ohne den Lärm, glitten sie alle in ihre vorige Form zurück, in die Form der großen Gemeinde, und als solche zogen sie nun, zumindest in Teilen, wieder aus dem Saal aus. Steff, Kalbi, Tätschke und ich zogen mit.

Uiuiui, machte Kalbi und grinste vergnügt hinter seiner Brille, machte aber auch Gesten an seinen Ohren, die bedeuteten, daß das ziemlich weh getan habe. Er sagte: Die letzte Platte war ja schon laut, aber das hier … Respekt!

Man kam überein, daß sich die Lieder der letzten Platte ohnehin nur wenig voneinander unterschieden und die ganze Band ihrem eigenen Bekenntnis nach sowieso eher eine Form von Lärmausübung sei, was ja auch an der letzten Platte so gefallen habe.

Ich merkte, daß ich die drei und überhaupt die wiedergewonnenen Geräusche meiner Umwelt wie durch Watte hörte. Daraufhin stellte ich mich wieder in die Getränkewarteschlange, um mir ein weiteres Bier zu holen. Unversehens stand die Frau mit dem Haarband vor mir. Ich schaute sie überrascht an und mußte mir erst einmal darüber klarwerden, daß es sich tatsächlich um die eine, ursprüngliche Frau vom Parkplatz handelte und nicht um eine ihrer zahlreich im Foyer vorhandenen Nebenausgaben.

Sie wendete mir, da sie sich vor mir befand, den Rücken zu. Die Ärmel ihrer Jeansjacke hatte sie inzwischen hochgeschlagen, das Haar fiel bis zur Hälfte ihrer Oberarme, es roch ebenfalls frisch gewaschen, wie überhaupt die ganze Person vor mir, auch noch nach einer knappen Dreiviertelstunde Saaltortur. Sie war fast so groß wie ich. Irgendwann drehte sie sich um, vermutlich um nach ihren Begleitern Ausschau zu halten. Als sie in meine Richtung blickte, sah sie mir in die Augen, ihr Gesicht etwa zwanzig oder dreißig Zentimeter von meinem entfernt. Ihre Augen schienen für einen winzigen Moment festzufrieren. Ich versuchte ihrem Blick standzuhalten und wollte nicht zuerst wegschauen.

Daraufhin fuhr ihr Blick in einer blitzschnellen Untersuchungsbewegung einmal an mir herunter und wieder herauf, um zu mustern, was sie da vor sich habe (ich fühlte mich bei dieser Bewegung entkleidet), dann drehte sie sich zurück in Reih und Glied.

Am Tresen standen wir nebeneinander. Ich sah das schwarze T-Shirt unter ihrer Jeansjacke, mit dem Maskottchen der Band auf der Wölbung ihrer Brust. Ihre Augen waren braun. Sie bestellte zeitgleich mit mir (es gab zwei Bedienungen), zeitgleich wurden unsere Biere hingestellt, wir zahlten zeitgleich, und als sie vom Tresen fortstrebte, mußte sie an mir vorbei bzw. ich an ihr, und während wir uns erhobenen Bieres (sie hatte zwei mitgenommen) aneinander vorbeischoben, berührten wir uns notgedrungen.

Irgendwann war ich zurück bei meiner Dreiergruppe. Dort hatte sich inzwischen ein Gespräch darüber ergeben, wie die Musik dieser Band einzuordnen sei. In einem Parameter war sie anders als eine bestimmte andere, aber auf den ersten Blick ähnliche Band, bei anderen Bands waren wiederum andere Dinge anders, aber ich hörte nicht weiter zu, sondern betrachtete erneut die Gemeinde um mich herum. Ich schien jetzt noch mehr Watte in den Ohren zu haben. Die Frau mit dem Haarband hatte sich zu jemandem dazugesellt, für den das zweite Bier bestimmt war und bei dem es sich um keinen ihrer beiden ursprünglichen Begleiter handelte. Es war der breitschultrige Mann mit den gefönten Haaren und der Hammerfaust.

Die Entfernung zwischen ihnen und uns betrug nur ein paar Meter. Ich betrachtete den Mann jetzt mit anderen Augen, zumal ich ihn vorher nicht von vorn gesehen hatte. Er hatte ein rotes, grobes Gesicht mit schlechter Haut, dem eine gewisse Brutalität eingezeichnet war. Die Gesichtsregungen waren reduziert, langsam, er schien unter Drogen zu stehen oder bereits viele in seinem Leben genommen zu haben. Dennoch strahlte er etwas aus, was ich beneidete. Der Bart war struppig, besonders an den Backen sehr dicht. Er redete langsam, während seine Augen träge umherblickten. Im Vergleich zu der Frau mit dem

Haarband sah er aus wie ein verknorpelter, großer, in sämtliche Richtungen wind- oder, besser gesagt, sturmschief gewachsener Eichenbaum. Er schien noch mehr als die meisten hier jenem auserwählten Kreis Eingeweihter anzugehören, zu dem ich nicht gehörte und mit meinen dreizehn Jahren auch niemals hätte gehören können. Er sah aus wie jemand, der sich schon viele Schlachten geliefert hatte, vermutlich immer im Zeichen der Band. Er sah aus wie ein Abbild ihrer Musik.

Während ich seine Erscheinung mit wachsendem Interesse betrachtete (er mochte etwa um die vierzig Jahre alt sein, so alt wie ich heute, aber ich konnte das damals nicht abschätzen, ich hielt ihn für so alt, als entstamme er einer der oben erwähnten vergangenen Urwelten, selbst ein Dinosaurier), griff er nach der Hand der Frau mit dem Haarband. Die Frau, schön und in zerfallener Jeans, schmiegte sich daraufhin mit Kopf und Hand an die Brust dieses frisch gefönten Mischwesens aus Prontosaurus und Eiche in Hardrockerklamotten.

Steff tippte mich an, um mich darauf hinzuweisen, daß es wieder in den Saal hineinginge, aber ich starrte zu dem ungleichen Paar dort drüben. Jetzt traten die beiden ursprünglichen Begleiter zu der Szene hinzu, die im Vergleich zu dem Eichensauriermann wie zwei Hänflinge aussahen und plötzlich einen lächerlichen Eindruck machten, obgleich sie vorhin auf dem Parkplatz noch auf die übliche Weise männlich, reif, erwachsen und vollständig gewirkt hatten. Sie waren genau wie vorher schlecht gelaunt oder zumindest angespannt und verharrten gereizt neben dem Paar mit den blonden Haaren. Die Sauriereiche hätte jeden von ihnen mit dem kleinen Finger gegen die Wand drücken können. Das war nicht allein den körperlichen Größenverhältnissen geschuldet, vielmehr kam das schon optisch kraft ihres unterschiedlichen Wesens zum Ausdruck. Man sah, wer hier der Chef war. Für den Augenblick verwandelte sich die Vierergruppe in eine Hierarchieform, wie ich sie genauso im Affenhaus im Frankfurter Zoo öfter hatte beobachten können. Die Sauriereiche hätte jede Schlägerei nicht nur bestanden, sondern dominiert, sie hätte sogar eine Schlägerei jederzeit durch Eingreifen befrieden können, und die beiden Begleiter hätten im Streit mit ihr keine Chance gehabt. Der Mann hätte sie kurz und trocken vermöbelt und dann einfach liegenlassen. Das war die natürliche Rangordnung in der Gruppe dort drüben.

Während ich gedankenversunken die Gruppe betrachtete und gerade auf Steffs Antippen reagieren wollte, schaute mich die Frau mit dem Haarband unversehens wieder an. Ihr Kopf lag an der Brust des Baumes, und von dort suchten ihre Augen meine. Sie blickte völlig ausdrucklos.

Während wir in den Saal strebten, sah sie mich immer noch an. Keiner der drei anderen aus ihrer Gruppe bemerkte es, denn so, an der Brust und in tieferer Position, konnten die anderen ja nicht sehen, wohin sie blickte. Das schien sie auszunutzen. Steff fragte mich, ob ich die Frau kenne. Nein, sagte ich, sie hätten nur neben uns geparkt.

Hm, machte Steff.

Im Gedränge nahm der Mann mit den Fönhaaren wieder seinen alten Platz ein, die Frau war wie beim ersten Teil des Konzerts nicht zu sehen. Der Universallärm ging wieder los, er kam mir zuerst noch lauter als beim ersten Durchgang vor, vermutlich deshalb, weil es zwischendrin die Lärm-(und Bier-)Pause gegeben hatte und die Ohren sich des Lärms schon wieder entwöhnt hatten.

Man sah diese einsam für sich dastehende Gestalt des Sängers dort vorn, wie sie immerfort und unermüdlich ihr Grunzen in den Raum schickte, nicht anders als ein unermüdlicher Singvogel, nur übersetzt in die lauteste Rockmusik aller Zeiten. Alles hier im Raum wurde von dieser Stimme zusammengehalten und versammelt. Es wirkte, als würde sie allen eine Kraft oder etwas Immaterielles spenden, das eminent wichtig für ihr Leben zu sein schien, ähnlich wie damals der Geist im Bücherzimmer meiner Mutter, und das geschah noch wesentlich umfassender als bei meinen nachmittäglichen Stunden auf dem Bett mit meinen Schallplatten, denn dort lag ich allein, hier aber war ich inmitten einer allein kraft dieser Stimme und Erscheinung und Musik gezeugten Bruderschaft. Offenbar kam diese Musik erst wirklich zu sich selbst und konnte so viele Menschen versammeln, wenn sie sich ganz in Lärm auflöste, wodurch seltsamerweise fast so etwas wie Stille inmitten des infernalischen Krachs entstand. Ich begann nun darauf zu achten, ob sich, wie damals im Bücherzimmer mit den Gardinen oder bei den Bach-Akkorden meiner Mutter, jenes Durchwehen einstellen würde.

Plötzlich war der Fön-Mann neben mir und rempelte mich an. Besser gesagt, ich rempelte ihn an, denn ich wurde gegen ihn gestoßen, als wieder eine Bewegungswelle durch den Saal lief. Er betrachtete mich nur zwei oder drei Sekunden, aber mit einem völlig reglosen Gesicht, ähnlich wie vorher die Frau. Auch das Abwenden seines Blicks von meinem Gesicht fand in unglaublicher Trägheit statt. Er hatte durch mich hindurchgeschaut. Er hatte mich angeblickt wie ein Ding. Er hatte nicht einmal meine Augen gesucht. Es war der Blick eines Tieres gewesen. Achtlos, fraglos, aus einer Welt ohne Individuum und Bewußtsein stammend. Einer anderen Welt. Einer, in der ich gar nicht existierte.

Mittelstufe

für Thomas Heinze

Ich kam am Tag der Uraufführung des Theaterstücks ziemlich früh auf den Hof unserer Schule, denn ich hatte nichts zu tun und ging davon aus, daß dort schon einige Bekannte und auch die Buchhändlertochter aufgetaucht seien. Tatsächlich traf ich vor dem Eingang eine Handvoll Leute. Die Buchhändlertochter war allerdings noch nicht da. Wir waren alle viel jünger als die Schauspieler, die das Stück aufführen würden: Wir waren in der neunten Klasse, die Leute der Theater-AG hatten gerade ihr Abitur gemacht und waren dabei, die Schule zu verlassen. Wir unterhielten uns, eine meiner gleichaltrigen Freundinnen hatte eine Gitarre dabei und bat mich nach einer Weile, etwas zu spielen. Ich spielte ein paar Stückchen von Pink Floyd, Bach und Lauro. Auf der Gitarre war ich inzwischen allgemein beneidet in meiner Altersgruppe.

Irgendwann kam die Buchhändlertochter, ich löste mich aus der Gruppe, und wir schlenderten Hand in Hand um das Schulgebäude.

Eine Viertelstunde vor Beginn der Vorstellung

fanden wir uns im Vorraum der Schule ein. Der Schauspielbruder meiner Freundin war erschienen. Er verströmte eine Atmosphäre von Autorität und Gewicht, die an den Auftritt eines Chefarztes erinnerte, der in einem Krankenzimmer erscheint, woraufhin alle Anwesenden verstummen und sich sämtliche Blicke auf ihn richten. Der Schauspielbruder unterhielt sich mit einigen Leuten, die in die Organisation des Theaterabends involviert waren oder auf der Bühne mitwirken sollten. Anschließend wandte er sich seiner jüngeren Schwester und mir zu, die wir zwei, drei Meter entfernt standen. Er winkte uns zu seiner Gruppe, und wir traten heran.

Das Foyer war flach und weitläufig, so daß sich die Menschenmenge verteilte. Die Vorstellung war ausverkauft. Nach einer Weile schlenderte ich vor die Tür, um zu rauchen, begrüßte einige Freunde und betrachtete das Plakat, mit dem die Aufführung angekündigt wurde. Ich las die Namen des führenden Triumvirats der AG:

Thomas Heinze
Mathias Herrmann
René Pollesch

Weiter unten auf dem Plakat befanden sich Namen anderer Teilnehmer, die mir aber nichts sagten. Auch der Name des Theaterautors war mir unbekannt.

Schließlich gingen wir hinein. Die Buchhändlertochter und ich saßen ziemlich weit vorn. Die Aula des Siebziger-Jahre-Gebäudes, die aussah wie der Veranstaltungssaal einer Mehrzweckhalle, war restlos gefüllt. Meine Freunde und ich gehörten zu den Jüngsten, die anderen Besucher waren Eltern, Verwandtschaft oder Freunde der Ausführenden, die fast alle aus dem Burggymnasium kamen.

In dieser Aula hatte ich die verschiedensten Dinge erlebt, Schulversammlungen, Stufensprecherwahlen, Tage der offenen Tür, eine Diskussion mit ein paar Kreistagsabgeordneten auf Einladung der SV, einmal hatte dort meine Schwester mit ihren Freundinnen während eines Schulfestes einen Playback-Auftritt als *Bee Gees* gehabt, in weißen Discoanzügen. Manchmal saß ich in den Pausen in der Aula am Klavier und improvisierte vor mich hin. Die Mädchen aus meinem Jahrgang mochten das, es waren öfter welche dabei.

Möglicherweise hatte ich den Saal noch nie so voll bestuhlt gesehen. Das Publikum war gespannt, aber nicht unruhig. Das Saallicht war nach wie vor angeschaltet, man sah auf der Bühne einen kleinen, runden Tisch und mehrere Korbstühle, ich glaube, es standen auch ein oder zwei künstliche Palmen herum, ein Gartensaal war angedeutet, englischer oder französischer Kolonialstil. Die Schauspieler hatten bereits ihre Plätze eingenommen. Mathias Herrmann trug meiner Erinnerung nach einen Leinenanzug.

Ich kannte das Theaterstück nicht und wußte nicht, wovon es handelte, aber das war mir egal, ich war der Schauspieler wegen gekommen und hätte mir auch jedes andere Theaterstück mit ihnen angesehen. Ich kannte die Buchhändlertochter und ihre Familie seit ein paar Monaten und bewunderte diese Familie. Herr Herrmann, der Buchhändler, war früher selbst Schauspieler gewesen, und ich wußte, daß die Familie so etwas wie eine Künstlerfamilie darstellte. Herr Herrmann machte das Jahr über immer wieder Lesungen in Friedberg und Umgebung, Mörike, Tieck, Kafka. Ich ging gern zu ihm, beneidete die Literatur, die er las, und beneidete seine Stimme, mit der er las. Seine Stimme gab allem, was er las, einen tiefen, existentiellen Raum. Immerfort war das Durchwehen da. Keine Ahnung, wie er das machte. Ich hatte nicht einmal eine Vorstellung, wie man das lernen konnte. Es war für mich ein absolutes Geheimnis und ein viel größeres Rätsel als Musikmachen. Inzwischen hatte ich in einigen Bands gespielt und mich daran gewöhnt, zwei, drei Stunden am Tag zu üben, aber was Herr Herrmann auf der Bühne machte, war mir ein Mysterium. Sein Sohn ging in dieselbe Richtung und hatte mit den beiden anderen Mitgliedern des oben genannten Triumvirats vor Jahren die Theater-AG gegründet. Mathias Herrmann und Thomas Heinze wollten Schauspieler werden, man merkte ihnen in jedem Moment an, wie entschlossen sie dazu waren. Fast waren sie ein wenig so, wie ich mir früher (in meiner Kindheit, als alles noch jene mythische Größe hatte) Menschen wie Fritz Usinger vorgestellt hatte. Ganz einer Sache gewidmet. Universal. Wenn sie mit René Pollesch, dem dritten, im Haus des Buchhändlers zusammensaßen und Dinge besprachen, Bühnendetails, Aufführungsideen, dann wirkten sie wie Profis. Ich beneidete die drei. Ihr Wille war absolut auf das Erreichen von Künstlertum ausgerichtet. Ich kannte nur noch zwei weitere Personen in Friedberg, die so ernsthaft ihre Sache betrieben. Der eine war der evangelische Kirchenkantor, der andere war Dozent an der Musikhochschule Heidelberg (klassische Gitarre, Laute), wohnte in Friedberg und gab mir seit einiger Zeit Unterricht.

Auf der Bühne stellte sich schnell ein gewisses Dahinplätschern ein. Es saß eine Gruppe von Menschen in dem casablancaartigen Interieur herum und unterhielt sich. Es ging um Ehe, Partnerschaft und dergleichen. Der von Mathias Herrmann im Leinenanzug dargestellte Mann war außerordentlich vorbildlich, beruflich sehr erfolgreich und gesellschaftlich geachtet, älter als seine Freundin oder Frau (das unterschiedliche Alter war auf der Bühne nicht zu sehen, denn die Schauspieler waren alle gleich alt). Einer aus dem Triumvirat, Thomas Heinze, war nicht auf der Bühne, was ich schade fand, denn ich mochte ihn von allen dreien am liebsten, vielleicht deshalb, weil ich bisweilen auf seinem Moped mitfuhr und er mit mir so umging, als befände ich mich ganz selbstverständlich auf einer Ebene mit ihm (er war vier Jahre älter als ich). Die Buchhändlertochter war ein wenig in ihn verliebt.

Mathias Herrmann, der Bruder, war von seiner Erscheinung her am besten zu vergleichen mit einem Gewitter an einem Sommertag. Im Gegensatz zu seiner kleineren Schwester war er blond, und zwar geradezu vorbildhaft blond. Ein Schatten lag in Höhe seiner Augen auf dem Gesicht, aber zugleich leuchtete es gewaltig aus dieser Schattenzone heraus. Er war schlank, einigermaßen großgewachsen, elegant in seinen Bewegungen und ähnlich kehlig in seiner Stimme wie seine Schwester.

Seine Partnerin wurde von einer schwarzhaarigen Frau gespielt, an die ich kaum mehr Erinnerungen habe, obwohl sie im Verlauf des Stückes die zweitwichtigste Figur werden sollte.

Der dritte des AG-Triumvirats, René Pollesch, spielte eine Begleitfigur. Auch bei ihm habe ich keine optische Vorstellung mehr von diesem Augenblick auf der Aula-Bühne der Gesamtschule, vielleicht weil das Bild, das ich von ihm hatte, sowieso immer durch ein einziges Motiv bestimmt war: einen hellen, zotteligen Fellmantel. Irgendwo mußte ich ihn in diesem auffälligen Mantel getroffen haben (ich hatte sonst noch niemals einen solchen Mantel gesehen), und da ich ihm im Gegensatz zu den beiden anderen Mitgliedern des Triumvirats seltener begegnete, überlagerte dieser Mantel lange Zeit, abgesehen von dem schütteren Bartflaum, den er sich damals hatte wachsen lassen, meine Vorstellung von ihm.

Wahrscheinlich trug er ebenfalls einen hellen Anzug, gemäß dem Kolorit des Stücks.

Das (absichtliche) Dahinplätschern des Stücks endete in dem Moment, als aus irgendeinem Grund fast alle die Bühne räumten und nur die schwarzhaarige Frau zurückblieb, allein in ihrem Korbstuhl. Das war eine merkliche Zäsur.

Wie von Zauberhand hingestellt, stand nun eine weitere, unbekannte Figur am Rand der Bühne, die völlig anders gekleidet war als die Teilnehmer der vorigen Gartensalon-Szene. Sie war auf so seltsame Weise erschienen, daß ich gar nicht bemerkt hatte, wie sie auf die Bühne gekommen war. Diese Person war einfach da, und sie zog sofort alle Aufmerksamkeit auf sich, nachdem sie bemerkt worden war. Es war klar: Durch die neue Figurenanordnung mußte jetzt etwas Bemerkenswertes geschehen.

Bislang hatte das Stück von zwei Paaren gehandelt, die viel älter waren als ich, jeweils ein Ehe- oder Partnerleben führten, in Urlaub fuhren, eine gemeinsame Wohnung oder ein Haus teilten, ihre Berufe hatten, kurz gesagt: Es hatte in einer Welt gespielt, in die man jemand wie meine Eltern hätte hineinversetzen können. Nichts an dieser Welt interessierte mich. Mein Vater spielte kein Instrument und las keine Literatur, nahm zwischen Sitzung und Parlament andauernd seine Kopfschmerztabletten, meine Mutter saß im Morgenrock über ihren Wellenlinien, legte ihren inzwischen ungezählt soundsovielten kompilierten Aktenordner an, kreiste in ihren mir inzwischen ziemlich sinnlos und leer erscheinenden Begriffen (Geist, Kosmos, Materie), die mit ihr ja auch ganz offenbar nichts zu tun hatten, wie ein eintöniges, unbelebtes Sonnensystem um sich selbst, und ihre wenigen Bach-Akkorde am Klavier, das Wunder meiner Kindheit, hörte man auch nicht mehr. Während ich sie inzwischen spielte, wartete sie jetzt auf Enkelkinder. Alles an dieser Welt war für mich, den Fünfzehnjährigen, unwirklich, und der Wellenlinienversuch meiner Mutter, sich da herauszureden, war ebenfalls unwirklich. Aus genau diesem Grund der permanenten Unwirklichkeit oder Uneigentlichkeit hatte sich die Langeweile im ersten Teil des Stückes ergeben. Ich kannte solche Szenen wie die hier aufgeführte von meinen Eltern: Begegneten sie anderen Paaren, stellte sich genau diese Atmosphäre ein, vor der ich als Kind stets so kapituliert hatte, daß ich in mein Zimmer oder in den Keller hatte flüchten müssen.

Die Figur verharrte eine ganze Weile am Bühnenrand und schaute die Frau an. Irgendwann bemerkte die Frau die neue Person. Es war Thomas Heinze, der dritte des Triumvirats.

Er war ziemlich mager und trug eine abgenutzte Jeans und ein weißes Hemd, sonst nichts. Keine Schuhe, keine Socken, kein Unterhemd. Das weiße, ebenfalls abgenutzte Hemd war nachlässig zugeknöpft und steckte kaum in der Hose, die Ärmel waren unordentlich hochgekrempelt.

Wenn ich Thomas Heinze in Friedberg auf der Straße begegnete, war er völlig normal gekleidet und sah aus wie jeder andere. Hier aber, auf der Bühne der Gesamtschule, erschien er als jemand, den ich eher mit mir selbst in Verbindung gebracht hätte. Wie er da zu sehen war, wurde er zu etwas Ikonographischem, in dem ich vieles von mir wiederentdeckte. Ich lief schon den ganzen Frühling und den halben Sommer genau in diesem Aufzug durch die Stadt: barfuß und als ausgemergelte Figur. Die Buchhändlertochter bewegte sich auch meist barfuß durch die Stadt.

Die schwarzhaarige Frau in ihrem Korbsessel musterte den Eindringling bzw. den Unbekannten, aber sprach ihn erst nach einer Weile an.

Sie wußte offenbar nicht, wie sie ihn einordnen sollte.

Der Barfüßer setzte sich auf den Stuhl direkt neben den der Frau, also in ihre unmittelbare Nähe. Aus dem Buch von Desmond Morris (jenem mit den drei nackten Menschen und dem Schimpansen: *Der nackte Affe*) wußte ich, daß das atypisch war: Im westlichen Kulturkreis bevorzugte man immer die entfernteste Stelle. Er saß nun aber direkt neben der Frau, was diese etwas schockierte. Übrigens stellte er sich nicht vor, ich glaube sogar, er sagte, er habe gar keinen Namen. Er erzählte irgendeine Geschichte, die etwas mit seiner Schulfibel zu tun hatte. Als Grundschüler habe er seine Schulfibel verloren, deshalb habe er nicht richtig lesen gelernt, er habe immer aus der Fibel dessen gelesen, der hinter ihm saß, deshalb könne er nur seitenverkehrt bzw. von hinten nach vorne lesen. In der Fibel stand zum Beispiel der Satz »Tina hat Tinte«. Er las den Satz so: »Etnit tah Anit.« In irgendeinem Zusammenhang damit stand die Tatsache, daß er keinen Namen für sich zu nennen wußte.

Das Motiv war gleich sichtbar: Er brach sämtliche Regeln und verkehrte sie in ihr Gegenteil.

Er konnte nur verkehrt herum schreiben, und er setzte sich auf die falsche Weise hin, nämlich auf den verkehrten Platz direkt neben der Frau. Übrigens duzte er die Frau auch gleich, wenn ich mich recht erinnere, und sie siezte ihn.

Als nächstes fragte er sie, ob sie einen Hund habe. Diese Frage empfand die Frau aus verständlichen Gründen auch wieder als aufdringlich. Sie sagte, ihr Mann möge keine Hunde. Deshalb habe sie keinen Hund.

Im Verlauf des Gesprächs wirkte die von Thomas Heinze dargestellte Barfüßerfigur teils ruhig und sachlich, aber teils plötzlich von heftigen inneren Regungen bewegt. Er schien unter dem Satz, daß ihr Mann keine Hunde möge, regelrecht seelisch zu leiden.

Als nächstes fragte er, ob sie ein Kind habe. Der Sache nach handelte es sich hierbei bereits um eine Folgerung, denn er ging schon bei der Frage davon aus, daß sie kein Kind habe. Auch das Publikum erwartete diese Antwort als fast logische Fortführung des Geschehens.

Nein, sie habe kein Kind, ihr Mann sei beruflich sehr erfolgreich und insofern sehr gebunden. Aber sie sei glücklich, ihr Mann sei sehr lieb und beschütze sie, sie könne ihm vertrauen.

Hier bog sich Thomas Heinze immer mehr unter Schmerzen.

Im folgenden argumentierte die Barfüßergestalt mit einem radikalen Liebeskonzept, das ich mir (und das Publikum sich auch) sofort zu eigen machte. Es war das Konzept einer idealen, reinen, völlig selbstlosen, zugleich völlig erfüllten Liebe, in der alles aus ebendieser Liebe geschah und ansonsten kein weiterer Rest blieb. Sicherlich hatte noch niemand auf der ganzen Welt eine solche Liebe erlebt, aber natürlich kannte ich dieses Liebeskonzept aus unzähligen Filmen und Büchern. Der Barfüßer vertrat dieses Konzept nicht explizit, aber es lag allem zugrunde, was er sagte.

Die Frau verteidigte ihren Mann, und Thomas Heinze schien fast den Verstand zu verlieren. Dennoch überzog er die Frau weiter mit einem Bombardement von teils ziemlich sophistischen Argumenten. Das Publikum und ich machten uns aber auch diese Argumente zu eigen, denn wir waren einfach allesamt auf der Seite der Barfüßergestalt.

Aber das verwunderte! Gemeinhin hätte die Sympathie des Publikums dem Ehemann der Frau gelten müssen, das hätte der natürlichen

Ordnung entsprochen. Im Saal saßen, neben den Schülern, vornehmlich Erwachsene, ich kannte einen Großteil von ihnen. Der Bühnen-Ehemann Herrmann war eine in jeder Hinsicht angesehene, wohlhabende, beruflich erfolgreiche Person, die ihr Leben im Griff hatte und in keiner Weise zu seelischen Besonderheiten oder zu irgendeiner Verzweiflung neigte. Eigentlich völlig vorbildlich.

Thomas Heinze dagegen hatte nichts vorzuweisen und wäre in jedem normalen sozialen Gebilde ausgegrenzt bzw. positionslos gewesen, ähnlich wie ich damals bei unserem Konzert in Frankfurt, als ich im offenen Gelände zwischen Kindsein und Erwachsensein gestanden und den Eichendinosauriermann und die Frau mit dem Haarband betrachtet hatte.

Thomas Heinze war den landläufigen Vorstellungen nach nicht einmal ordentlich genug angezogen, um salonfähig zu sein. Das Publikum schien allerdings für die Dauer der Vorstellung umgepolt, und genau das verwunderte mich so. Es verfolgte das Stück mit derselben Aufmerksamkeit wie ich und war, schon bevor der Ehegatte wieder die Bühne betrat, wie gesagt vollkommen auf der Seite Thomas Heinzes.

Nachdem Mathias Herrmann, der Ehemann, auf die Bühne zurückgekehrt war, begann der – normalen Maßstäben nach – völlig überdrehte Thomas Heinze ihn zu attackieren: das Leben, das er mit seiner Frau führe, sei ein bloßer Kompromiß, er liebe seine Frau gar nicht etc. Es entstand ein Streit um die Frau. Nach normalen Begriffen hätte jedermann den Barfüßer für verrückt erklären müssen, denn er sprach dem Ehegatten jetzt sogar das Recht auf seine Frau ab und dekretierte irrsinnigerweise, daß sie ab jetzt mit ihm leben werde.

Der Ehemann, angegriffen und beleidigt, handelte, wie er handeln mußte. Es kam zur Schlägerei. In der Normalität hätte es jeder für vollkommen natürlich gehalten und mindestens entschuldigt bzw. verstanden, daß das Alphatier den jüngeren, schmächtigen Emporkömmling mit körperlicher Gewalt ins hierarchisch hintere Glied zurückstellt. Hier aber, vor Publikum, verlor die Ehegattenfigur die letzten Sympathien, als sie zur körperlichen Gewalt überging. Der Mann machte sich dadurch peinlich und lächerlich und war völlig blamiert.

Es herrschte nun eine völlig verkehrte Welt. Keiner hielt Thomas Heinze in dem Moment für einen Spinner. Sie hielten ihn vielleicht für schräg. Aber sie hielten ihn für wahr.

Von Anfang an, schon in seiner Art des Auftritts, hatte die Thomas-Heinze-Figur nicht nach jenen Gesetzen gehandelt, nach denen üblicherweise unter Erwachsenen gehandelt wurde. Also nach jenen Gesetzen, die mir und meinen Altersgenossen damals fast immer unverständlich erschienen. Die Art und Weise, wie sich Thomas Heinze verhielt, hatte ich dagegen vom ersten Moment an begriffen, als er auf die Bühne gekommen war. Alles, was diese Figur tat und sprach, schien mir vollkommen natürlich, naheliegend, selbstverständlich und geradezu notwendig. Im Grunde sah ich dort auf der Bühne eine Person, die mir völlig vertraut war bzw. die ich hätte sein können. Das seltsame war nur, daß das auch allen anderen im Saal so zu gehen schien. Also denen, die jeden Tag genau die Ordnung errichteten, gegen die Thomas Heinzes Figur gerade unter der Zustimmung aller diametral verstieß.

Am Ende wurde die Ordnung, die der Bühnenautor für die Dauer des Stücks aufgehoben hatte, allerdings schlagartig wiederhergestellt. Thomas Heinze wurde, nachdem die anderen Darsteller auf die Bühne zurückgekehrt waren, in einer

Zwangsjacke von der Bühne geschleppt und in die Irrenanstalt zurückgebracht, aus der er, wie man jetzt erst erfuhr, kurz vorher entkommen war. Die Frau mit den schwarzen Haaren erlitt einen Nervenzusammenbruch, und der Applaus war phänomenal.

Oberstufe

Als ich auf das Burggymnasium wechselte, war ich nur noch selten im Haus im Mühlweg. Ich kannte jetzt eine Frau auf dem Land, die ein Gehöft besaß, in dem eine WG angesiedelt war, ich glaube, sie nannten es noch Kommune. Sie war siebenunddreißig oder achtunddreißig. Anfänglich trampte ich von Friedberg täglich dorthin und wieder zurück, dann aber blieb ich oft tagelang dort, manchmal eine Woche und mehr, und trampte dann umgekehrt von da morgens nach Friedberg in die Schule oder ins Literaturcafé und später wieder zurück. Mittags trafen wir uns hin und wieder in Friedberg, wo sie arbeitete, wir gingen gemeinsam essen, und wir mußten in den Gaststätten, abgesehen vom Lascaux und dem Literaturcafé, immer ziemlich geheimniskrämerisch tun, weil es justiziabel war, was wir machten, ich war ja erst Anfang siebzehn. Ich fand diese Geheimniskrämerei wunderbar und erotisch.

Dennoch fuhr ich nach wie vor alle paar Tage in den Mühlweg, wenn meine Eltern verreisten.

Ich war der einzige, der die dorthin adressierte Kanzleipost für meinen Vater durchsehen konnte. Ich öffnete die juristischen Korrespondenzen und gab ihm telefonisch Rapport (es existierte zu dieser Zeit noch kein Fax-Gerät im Bürozimmer meines Vaters, so daß ich ihm die Briefe am Telefon vorlas).

Während dieser Zeiten streunte ich in meinem verwilderten Zustand überall im Haus herum. Für ein paar Wochen war ich vollkommen ungestört, auch unsere Putzfrau, Frau Eiler, die gegenüber wohnte, erschien nicht (der einzige, der hin und wieder auftauchte, war mein Onkel J., wenn er Geld brauchte). Ich schlief auf der Terrasse oder im Garten, setzte mich in die damals noch existierenden Apfelbäume, las wahllos Bücher aus der inzwischen mehrfach vergrößerten Bibliothek meiner Mutter (zum Beispiel las ich das *Philosophische Wörterbuch* durch), trank Wein aus dem Keller und deckte mir nachts absurde Tafeln im Eßzimmer, mit Kerzenleuchter, weißer Tischdecke, Silberbesteck und dem besten Service (von der Großmutter), und dazu hörte ich Mahler, Schubert oder die *Chaconne von Oistrach*. Ich begann die Chaconne damals selbst zu spielen.

Meistens aber, wie gesagt, lebte ich bei der Frau auf dem Land. Das Haupthaus auf dem Gehöft war ein altes Fachwerkgebäude, wir schliefen im ersten Stock, nachts herrschte immer ein blaues Licht, wie ich es noch nie gesehen hatte und später auch nie mehr in meinem Leben wiedersehen sollte. Sie hatte ein paar Bücherregale mit Soziologie und Psychologie, auch Romane. Manchmal las ich etwas, aber wir redeten selten über die Autoren (Adler, Jung), uns interessierten andere Dinge: Wir erzählten uns unser Leben. Ich schrieb damals manchmal selbst, riß mir ein Doppelblatt aus einem Heft und füllte dieses Doppelblatt. Was ich schrieb, nannte ich »Briefe an den lieben Gott«. Diese Briefe an den lieben Gott handelten von Dingen wie etwa einer Parkbank, auf der ich am selben Tag in Friedberg stundenlang herumgesessen hatte. Subjektiv fühlte ich mich zu der Zeit noch völlig glücklich, wie überhaupt seit meinem zwölften Lebensjahr, als ich die Grundschule verlassen hatte und aufs Gymnasium gekommen war.

Das Dasein auf dem Gehöft war eine große Spielwiese. Noch jedes Käsebrot, das wir uns nachts schmierten (wir tranken Rotwein dazu), war wie das mit Bedacht gestaltete Detail eines großen, umfassenden Epos. Nachts ihr Körper in dem blauen Licht unter den Sternen. Mein Körper.

Im Untergeschoß gab es einen Raum, der ein bißchen wie eine Puppenstube eingerichtet war (das ganze Mobiliar der WG war auf angenehm chaotische, irgendwie stimmige Weise zusammengeschustert), dort stand ein Klavier, an dem ich oft saß. Dieses Klavier war ziemlich verstimmt, aber nicht wesentlich schlimmer als dasjenige im Mühlweg. Die Tasten fühlten sich auf undefinierbare Weise angenehm an, griffig und nicht völlig glatt. Sowohl das Klavier als Möbel als auch sein etwas hallender, dennoch stumpfer Klang paßten in das Zimmer wie die Faust aufs Auge: als sei das Klavier dazu da, daß genau auf ihm die Hintergrundmusik für dieses Zimmer dargeboten werden sollte, für die Atmosphäre, die hier herrschte, für das blaue Licht, unsere Nächte, unsere ganze Daseinsphase.

Im Untergeschoß wurden oft Partys gefeiert, dann kamen auch einige aus meiner Schule (der Sohn der Frau war in meinem Jahrgang). Es gab einen Trick, der auf manche Mädchen bei diesen Partys phänomenal wirkte. Diese Sorte Mädchen konnte man durch den Trick sofort in sich verliebt machen. Ich praktizierte ihn immer, verstehe ihn aber bis heute nicht. Der Trick bestand darin, Stücke aus dem Film *Bilitis* zu spielen. Ich habe keine Ahnung, warum gerade diese Stücke auf jene Mädchen so eine hypnotische Wirkung hatten, aber sie saßen immer nach kurzer Zeit auf meinem Schoß und starrten mich atemlos an, während ich die kleinen Machwerke spielte.

Zu der Zeit hatten wir einen Lehrer, der auf mich wie eine Thomas-Heinze-Barfüßer-Ausgabe für die Schule wirkte. Dieser Lehrer war allen solchen Schülern, vor allem Schülerinnen, abgeneigt, die durch Fleiß, Ordnung und Bravheit zu punkten versuchten. Er benotete sie nicht nur konsequent schlecht, sondern nahm sie im rhetorischen Gespräch genauso gründlich auseinander, wie es die Thomas-Heinze-Figur mit der schwarzhaarigen Frau eineinhalb Jahre zuvor auf der Bühne in der Aula der Gesamtschule gemacht hatte (ich hatte das Stück seitdem noch zweimal gesehen). Wir gingen manchmal zusammen etwas trinken. Einer seiner liebsten Momente war, wenn der jeweilige Kurs in die Sommerferien verabschiedet wurde: Dann präsentierte er ihnen, fein säuberlich an die Tafel geschrieben, so daß es alle lesen konnten (bei anderen Gelegenheiten beschrieb er die Tafel immer in einer unleserlichen Handschrift), das *Reisen*-Gedicht von Gottfried Benn, um ihnen die Vorfreude auf die bevorstehende Urlaubsfahrt zu verderben und ihnen ein schlechtes Gewissen für die gesamten Sommerferien mitzugeben. Er machte ihnen die ganze Reiserei durch Benn lächerlich. Ein paar Leute, darunter ich, fanden das ganz herrlich. Allerdings verstand ein Großteil des Kurses nie, wovon das Gedicht überhaupt handelte. Besonders die Wendung

bleiben und stille bewahren
das sich umgrenzende Ich

rief meist völlige Verdutzung hervor. Das war für die meisten wie Chinesisch, sie wußten nicht, was es bedeuten könne, daß ein Ich (oder das Ich) sich selbst umgrenze. Grenze, das hatte für sie ausschließlich etwas mit Ländern und Staaten zu tun, wie für mich damals als Kind, als ich im *Lingen Lexikon* über afrikanische Länder gelesen und das für die wahre Beschreibung von Dingen gehalten hatte.

Ich selbst trampte in diesen Sommerferien ein paar Wochen durch Spanien und Frankreich. Französisch konnte ich zu der Zeit ganz gut, ich erlebte die verschiedensten Dinge, einmal etwa einen Radioreporter, der offensichtlich in mich verliebt war und mit dem ich ein paar Tage auf einer gemeinsamen Tour gemeinsam im Bett übernachtete. Er wollte Sex, aber ich nicht, der arme Kerl zwang mich zu nichts, lud mich nur die ganze Zeit in die schönsten Restaurants ein, zeigte mir die sehenswertesten Plätze, die er kannte, ließ mich nachts bald in Ruhe und fragte auch nicht mehr. Ich hatte im Bett immer ein Messer bei mir. Mit irgendwelchen Leuten aus Lörrach von der Schweizer Grenze (einer von ihnen sah aus wie John Lennon) fuhr ich dann zurück, nachdem ich ein paar Nächte bei ihnen auf dem Zeltplatz in Narbonne übernachtet hatte.

Nach den Ferien kam eine Mitschülerin mit einem Buch in die Schule, das sie in der Bibliothek ihres Vaters entdeckt hatte. Es war eine Lyrikanthologie mit aus Zeitung, Fernsehen, Büchern und Funk bekannten Namen wie Fried, Eich, Krolow, Grass. Krolow las ich ganz gern, die anderen sagten mir nicht so zu. Zwischen diesen Namen fand sich der unseres destruktiven Deutschlehrers. Einige Gedichte von ihm waren dort abgedruckt. Völlig überrascht, wie wir waren, sprachen wir unseren Lehrer auf diese Entdeckung an, aber er reagierte ziemlich abweisend. Ich glaube, er fand uns peinlich.

Den meisten in unserem Jahrgang war unsere Entdeckung egal. Aber für ein paar von uns veränderte sich in diesem Moment etwas Grundlegendes. Der, der uns als Raumzeitperson begegnet war, war jetzt zu Buchseiten geworden.

Bis zu diesem Augenblick hatte ich nie eine wirkliche Vorstellung davon gehabt, daß es tatsächlich Menschen wie wir waren, die Bücher schrieben, Menschen aus Fleisch und Blut, Raum und Zeit und Gegenwart und nicht nur solche kindlichen Phantasiegestalten wie Fritz Usinger, solche urvorzeitlichen Namen wie Benn, Tieck, Kafka oder Mörike (tausend Jahre älter als die Beatles) oder solche Funk- und Fernsehfiguren wie Grass oder Krolow. Auch der Theaterautor des Stücks, in dem ich Thomas Heinze gesehen hatte, war für mich im Grunde immer ein Buch gewesen. Daß sie leben und herumlaufen und unter uns sind und nicht nur in den Büchern und Bibliotheken und den Diskursen der anderen, daß sie nicht aus Wellenlinien oder Dimensionensprüngen bestehen, sondern eher so wie Thomas Heinze, Mathias Herrmann, Herr Herrmann oder mein Lehrer waren, also Menschen, die etwas tun, und daß in dem schlichten *Es tun* das Eigentliche liegt und aus ihm kommt und nicht aus Verklärung oder Anbetung, Mythisieren und bloßem Grübeln über die Dinge, darüber hatte ich bis dahin noch nie wirklich nachgedacht. Daß man selbst dorthin kommen kann, auf die andere Seite.

Der Kreis hat kein Ende und keinen Anfang, kein Hinten und kein Vorne, und wenn man ihn als Band zur Möbiusschleife bindet, auch kein Außen und kein Innen.

Der Autor dankt der Arno Schmidt Stiftung.

suhrkamp taschenbücher
Eine Auswahl

Isabel Allende
– Das Geisterhaus. Roman. Übersetzt von Anneliese Botond. st 1676. 501 Seiten
– Mayas Tagebuch. Roman. Übersetzt von Svenja Becker. st 4444. 444 Seiten
– Die Insel unter dem Meer. Roman. Übersetzt von Svenja Becker. st 4290. 552 Seiten
– Inés meines Herzens. Roman. Übersetzt von Svenja Becker. st 4035. 394 Seiten
– Fortunas Tochter. Roman. Übersetzt von Lieselotte Kolanoske. Gebunden. st 4383. 705 Seiten
– Paula. Übersetzt von Lieselotte Kolanoske. st 2840. 496 Seiten. Großdruck: st 3926. 706 Seiten
– Das Siegel der Tage. Roman. Übersetzt von Svenja Becker. st 4126. 409 Seiten

Gerbrand Bakker
– Oben ist es still. Roman. Übersetzt von Andreas Ecke. st 4142. 315 Seiten
– Der Umweg. Roman. Übersetzt von Andreas Ecke. st 4435. 231 Seiten

Joanna Bator
– Sandberg. Roman. Übersetzt von Esther Kinsky. st 4404. 492 Seiten
– Wolkenfern. Roman. Übersetzt von Esther Kinsky. st 4574. 499 Seiten

Jurek Becker
– Bronsteins Kinder. Roman. st 1517. 302 Seiten
– Jakob der Lügner. Roman. st 774. 288 Seiten

NF 266d/1/01.15

Louis Begley
- Lügen in Zeiten des Krieges. Roman. Übersetzt von Christa Krüger. st 2546. 223 Seiten. Großdruck: st 4092. 310 Seiten
- Ehrensachen. Roman. Übersetzt von Christa Krüger. st 3998. 444 Seiten
- Schmidts Einsicht. Roman. Übersetzt von Christa Krüger. st 4415. 415 Seiten
- Der Fall Dreyfus. Teufelsinsel, Guantánamo, Alptraum der Geschichte. Übersetzt von Christa Krüger. st 4304. 248 Seiten

Thomas Bernhard
- Alte Meister. Komödie. st 1553. 310 Seiten
- Auslöschung. Ein Zerfall. st 1563. 651 Seiten
- Heldenplatz. st 2474. 176 Seiten
- Holzfällen. Eine Erregung. st 1523. 336 Seiten
- Aus Opposition gegen mich selbst. Ein Lesebuch. Herausgegeben von Raimund Fellinger. st 4211. 368 Seiten

Peter Bichsel
- Kindergeschichten. st 2642. 86 Seiten
- Über Gott und die Welt. Schriften zur Religion. Herausgegeben von Andreas Mauz. st 4154. 288 Seiten

Lily Brett
- Lola Bensky. Roman. Übersetzt von Brigitte Heinrich. st 4470. 302 Seiten
- Chuzpe. Roman. Übersetzt von Melanie Walz. st 3922. 334 Seiten

Jaume Cabré
- Die Stimmen des Flusses. Roman. Übersetzt von Kirsten Brandt. st 4049. 666 Seiten

NF 266d/2/01.15

Truman Capote
- Die Grasharfe. Roman. Übersetzt von Annemarie Seidel und Friedrich Podszus. st 1796. 208 Seiten

Paul Celan
- Die Gedichte. Kommentierte Gesamtausgabe in einem Band. Herausgegeben und kommentiert von Barbara Wiedemann. st 3665. 1000 Seiten
- »Die Jahre von dir zu mir«. Ein Lesebuch von Ben Becker. st 4468. 107 Seiten

Marguerite Duras
- Der Liebhaber. Übersetzt von Ilma Rakusa. st 4507. 143 Seiten

Hans Magnus Enzensberger
- Herrn Zetts Betrachtungen, oder Brosamen, die er fallen ließ, aufgelesen von seinen Zuhörern. st 4553. 226 Seiten
- Hammerstein oder Der Eigensinn. Eine deutsche Geschichte. st 4095. 378 Seiten
- Gedichte 1950-2015. st 4554. 241 Seiten

Louise Erdrich
- Der Club der singenden Metzger. Roman. Übersetzt von Renate Orth-Guttmann. st 3750. 503 Seiten
- Der Klang der Trommel. Roman. Übersetzt von Renate Orth-Guttmann. st 4083. 327 Seiten

Laura Esquivel
- Bittersüße Schokolade. Roman. Übersetzt von Petra Strien. st 2391 und it 4030. 278 Seiten

Philippe Grimbert
- Ein Geheimnis. Roman. Übersetzt von Holger Fock und Sabine Müller. st 3920. 154 Seiten

NF 266d/3/01.15

Peter Handke
- Immer noch Sturm. st 4323. 165 Seiten
- Mein Jahr in der Niemandsbucht. Ein Märchen aus den neuen Zeiten. st 3887. 628 Seiten
- Die morawische Nacht. Erzählung. st 4108. 560 Seiten
- Wunschloses Unglück. Erzählung. st 3287. 96 Seiten

Marie Hermanson
- Der Mann unter der Treppe. Roman. Übersetzt von Regine Elsässer. st 3875. 269 Seiten
- Muschelstrand. Roman. Übersetzt von Regine Elsässer. st 3390. 304 Seiten

Hermann Hesse
- Der Steppenwolf. Roman. st 175. 288 Seiten
- Siddhartha. Eine indische Dichtung. st 182. 128 Seiten
- Narziß und Goldmund. Erzählung. st 274. 320 Seiten
- Mit der Reife wird man immer jünger. Betrachtungen und Gedichte über das Alter. st 3551. 192 Seiten

Reginald Hill
- Rache verjährt nicht. Roman. Übersetzt von Ulrike Wasel und Klaus Timmermann. st 4473. 683 Seiten

Uwe Johnson
- Jahrestage. Aus dem Leben von Gesine Cresspahl. 4 Bände. st 4455. 2150 Seiten
- Zwei Ansichten. st 2183. 243 Seiten

James Joyce
- Ulysses. Roman. Übersetzt von Hans Wollschläger. st 3816. 987 Seiten

Daniel Kehlmann
- Ich und Kaminski. Roman. st 3653. 174 Seiten

NF 266d/4/01.15

Sibylle Lewitscharoff
- Apostoloff. Roman. st 4180. 248 Seiten
- Blumenberg. Roman. st 4399. 220 Seiten
- Montgomery. Roman. st 4321. 346 Seiten

Nicolas Mahler
- Alice in Sussex. Frei nach Lewis Carroll und H.C. Artmann. Graphic Novel. st 4386. 143 Seiten
- Thomas Bernhard: Alte Meister. Komödie. Gezeichnet von Mahler. Graphic Novel. st 4293. 158 Seiten
- Der Mann ohne Eigenschaften. Nach Robert Musil. Graphic Novel. st 4483. 156 Seiten

Andreas Maier
- Das Haus. Roman. st 4416. 165 Seiten
- Onkel J. Heimatkunde. st 4261. 132 Seiten
- Bullau. Versuch über Natur. st 3947. 127 Seiten
- Wäldchestag. Roman. st 3381. 315 Seiten
- Das Zimmer. Roman. st 4303. 203 Seiten

Adrian McKinty
- Der katholische Bulle. Roman. Übersetzt von Peter Torberg. st 4523. 384 Seiten

Patrick Modiano
- Eine Jugend. Roman. Übersetzt von Peter Handke. st 4615. 187 Seiten
- Die Gasse der dunklen Läden. Roman. Übersetzt von Gerhard Heller. st 4617. 160 Seiten
- Villa Triste. Roman. Übersetzt von Walter Schürenberg. st 4616. 142 Seiten

Cees Nooteboom
- Allerseelen. Roman. Übersetzt von Helga van Beuningen. st 3163. 440 Seiten

NF 266d/5/01.15

– Briefe an Poseidon. Übersetzt von Helga van Beuningen. st 4494. 224 Seiten
– Schiffstagebuch. Ein Buch von fernen Reisen. Übersetzt von Helga van Beuningen. st 4362. 283 Seiten

Amos Oz
– Eine Geschichte von Liebe und Finsternis. Roman. Übersetzt von Ruth Achlama. st 3788 und st 3968. 828 Seiten
– Unter Freunden. Übersetzt von Mirjam Pressler. st 4509. 215 Seiten

Marcel Proust
– Auf der Suche nach der verlorenen Zeit. 7 Bände in Kassette. Übersetzt von Eva Rechel-Mertens. Revidiert von Luzius Keller und Sibylla Laemmel. 5300 Seiten

Ralf Rothmann
– Feuer brennt nicht. Roman. st 4173. 304 Seiten
– Milch und Kohle. Roman. st 3309. 210 Seiten
– Shakespeares Hühner. Erzählungen. st 4434. 212 Seiten

Judith Schalansky
– Blau steht dir nicht. Matrosenroman. st 4284. 139 Seiten
– Der Hals der Giraffe. Bildungsroman. st 4388. 222 Seiten

Andrzej Stasiuk
– Hinter der Blechwand. Roman. Übersetzt von Renate Schmidgall. st 4405. 349 Seiten
– Kurzes Buch über das Sterben. Geschichten. Übersetzt von Renate Schmidgall. Gebundene Ausgabe. st 4421. 112 Seiten

Uwe Tellkamp
– Der Eisvogel. Roman. st 4161. 318 Seiten
– Der Turm. Geschichte aus einem versunkenen Land. Roman. st 4160. 976 Seiten

NF 266d/6/01.15

Tuvia Tenenbom
- Allein unter Deutschen. Eine Entdeckungsreise. Übersetzt von Michael Adrian. st 4374. 431 Seiten
- Allein unter Juden. Eine Entdeckungsreise durch Israel. Übersetzt von Michael Adrian. st 4530. 473 Seiten

Hans-Ulrich Treichel
- Grunewaldsee. Roman. st 4244. 237 Seiten
- Menschenflug. Roman. st 3837. 233 Seiten
- Der Verlorene. Erzählung. st 3061. 176 Seiten

Rose Tremain
- Der unausweichliche Tag. Roman. Übersetzt von Christel Dormagen. st 4403. 334 Seiten

Mario Vargas Llosa
- Das böse Mädchen. Roman. Übersetzt von Elke Wehr. st 3932. 395 Seiten
- Der Traum des Kelten. Roman. Übersetzt von Angelica Ammar. st 4380. 447 Seiten
- Ein diskreter Held. Roman. Übersetzt von Thomas Brovot. st 4545. 380 Seiten

Martin Walser
- Ein fliehendes Pferd. Novelle. st 600. 160 Seiten

Don Winslow
- Manhattan. Roman. Übersetzt von Hans-Joachim Maass. st 4440. 404 Seiten
- Kings of Cool. Roman. Übersetzt von Conny Lösch. st 4488. 349 Seiten
- Tage der Toten. Kriminalroman. Übersetzt von Chris Hirte. st 4340. 689 Seiten
- Pacific Private. Kriminalroman. Übersetzt von Conny Lösch. st 4096. 394 Seiten

NF 266b/7/01.15